हिन्द पॉकेट बुक्स

प्रेरक प्रसंग

सत्यकाम विद्यालंकार गुरुकुल कांगडी के संस्थापक स्वामी श्रद्धानंद के दोहते थे। पंडित इंद्र विद्यावाचस्पति उनके मामा थे।

गुरुकुल से स्नातक होने के बाद उन्होंने अपने मामा के साथ दैनिक *वीर अर्जुन* में कार्य किया। अपने क्रांतिकारी लेखों के कारण उन्हें ब्रिटिश सरकार का कोपभाजन बनना पड़ा और उन्हें जेल की सजा हुई। सत्यकाम विद्यालंकार अपने संपादकीय प्रतिभा के बल पर उन्नति करते हुए अंततः दैनिक *नवयुग* दिल्ली के संपादक बने और फिर *टाइम्स ऑफ इंडिया समूह* के लोकप्रिय हिंदी साप्ताहिक *धर्मयुग* अनेक वर्ष संपादक रहे। वहां से अवकाश प्राप्त करने के बाद उन्होंने साहित्यिक सांस्कृतिक मासिक पत्र *नवनीत* का संपादन संभाला।

सत्यकाम विद्यालंकार ने बीसियों मौलिक रचना लिखकर हिंदी साहित्य की श्रीवृद्धि की। स्वामी सत्य प्रकाश के सहयोग से चारों वेदों का अंग्रेजी में अनुवाद किया अपने नाम के अनुसार वह सदा सत्य का पक्ष लेते थे।

प्रेरक प्रसंग

संसार के लगभग डेढ़ सौ महान् व्यक्तियों के अत्यधिक प्रेरणाप्रद जीवन-प्रसंग

सत्यकाम विद्यालंकार

हिन्द पॉकेट बुक्स
पेंगुइन रैंडम हाउस इम्प्रिंट

हिन्द पॉकेट बुक्स

यूएसए। कनाडा। यूके। आयरलैंड। ऑस्ट्रेलिया। सिंगापुर
न्यू ज़ीलैंड। भारत। दक्षिण अफ्रीका। चीन

हिन्द पॉकेट बुक्स, पेंगुइन रैंडम हाउस ग्रुप ऑफ़ कम्पनीज़ का हिस्सा है,
जिसका पता www.hindpocketbooks.com पर मिलेगा

पेंगुइन रैंडम हाउस इंडिया प्रा.लि.,
चौथी मंजिल, कैपिटल टावर 1, एमजी रोड,
गुरुग्राम 122002, हरियाणा, भारत

पेंगुइन
रैंडम हाउस
इंडिया

प्रथम हिन्दी संस्करण हिन्द पॉकेट बुक्स द्वारा 1994 में प्रकाशित
यह हिन्दी संस्करण 2019 में प्रकाशित

10 9 8 7 6 5 4 3 2

इस पुस्तक में व्यक्त विचार लेखक के अपने हैं, जिनका यथासंभव तथ्यात्मक सत्यापन किया गया है, और इस संबंध में प्रकाशक एवं सहयोगी प्रकाशक किसी भी रूप में उत्तरदायी नहीं है।

ISBN 9789353491000

मुद्रक : मणिपाल टेक्नॉलजीस् लिमिटेड, भारत

www.penguin.co.in

FSC www.fsc.org
MIX
Paper | Supporting responsible forestry
FSC® C043100

This is a legitimate digitally printed version of the book and therefore might not have certain extra finishing on the cover.

क्रम

खण्ड एक: देव पुरुष

खण्ड दो: संत-महात्मा

खण्ड तीनः लेखक, कलाकार (भारतीय)

खण्ड चारः विदेशी लेखक

खण्ड पांचः भारतीय राजनीतिज्ञ

खण्ड छः: विदेशी राजनीतिज्ञ

खण्ड सात: राजा महाराज

1

देव पुरूष

महर्षि मनु

सूर्य भगवान को अर्घ्य चढ़ाने के लिए अंजलि में जल लिए वैवस्वत मनु मंत्र-जप कर रहे थे कि उन्हें अपनी हथेलियों में हलचल-सी अनुभव हुई। आंख खोलकर देखा, तो एक नन्हा-सा मीन-शिशु अंजलि में तैर रहा था। मनु उसे फेंक दें, इससे पूर्व ही उसने उनसे कहा—"मेरी रक्षा कीजिए, बड़ा होकर मैं कभी-आपके काम आऊंगा।" करुणालु मनु ने जल-भरे कसोरे में उसे रख दिया। मीन-शिशु बढ़ने लगा। मनु उसे कोरे से कुंड, कूप और सरोवर में स्थानांतरित करते गए और जब वह महामत्स्य बन गया, तो उसे सागर में छोड़ दिया। फिर एक दिन महाप्रलय हुई। सागर धरती को लीलने लगा। तब वह महामत्स्य मनु के पास आया और उन्हें नौका में बैठाकर सुरक्षित स्थान पर ले गया।

हमारी चित्तांजलि में भी कल्पना रूपी मीन-शिशु प्रायः आते रहते हैं और

हम उन्हें फेंक देते हैं। यदि हम उन्हें पालें-पोसे, बड़ा करें, तो वे आगे चलकर हमारा और दूसरों का उपकार कर सकते हैं।

महर्षि वेदव्यास

जब महाभारत का अंतिम श्लोक महर्षि वेदव्यास के मुखारविंद से निःसृत हो, गणेशजी के सुडौल-सुपाठ् य अक्षरों में भूर्जपत्र पर अंकित हो चुका, तब गणेशजी से महर्षि ने कहा—"विघ्नेश्वर, धन्य है आपकी लेखनी! महाभारत का सृजन तो वस्तुत: उसी ने किया है। पर एक वस्तु आपकी लेखनी से भी अधिक विस्मयकारी है—वह है आपका मौन। सुदीर्घ काल तक आपका-हमारा साथ रहा। इस अवधि में मैंने तो पंद्रह-बीस लाख शब्द बोल डाले; परन्तु आपके मुख से मैंने एक भी शब्द नहीं सुना!"

इसपर गणेशजी ने मौन की व्याख्या करते हुए कहा—"बादरायण, किसी दीपक में अधिक तेल होता है, किसी में कम; परन्तु तेल का अक्षय भंडार किसी दीपक में नहीं होता। उसी प्रकार देव, मानव, दानव आदि जितने भी तनुधारी हैं, सबकी प्राण-शक्ति सीमित है—किसी की कम है, किसी की कुछ अधिक; परन्तु असीम किसी की नहीं। इस प्राण-शक्ति का पूर्णतम लाभ वही पा सकता है, जो संयम से उसका उपयोग करता है। संयम ही समस्त सिद्धियों का आधार है; और संयम का प्रथम सोपान है—वचोगुप्ति अर्थात् वाक्-संयम। जो वाणी का संयम नहीं रखता, उसकी जिह्वा बोलती रहती है। बहुत बोलने वाली जिह्वा अनावश्यक बोलती रहती है; और अनावश्यक शब्द प्राय: विग्रह और वैमनस्य पैदा करता है, जो हमारी प्राण-शक्ति को सोख डालते हैं। वचोगुप्ति से यह समस्त अनर्थ-परम्परा दग्धबीज हो जाती है। इसीलिए मैं मौन का उपासक हूं।"

भगवान बुद्ध

श्रावस्ती में एक बार जब अकाल पड़ा, तो भगवान बुद्ध ने अपने अनुयायियों से पूछा—"तुममें से कौन इन भूखों के भोजन की ज़िम्मेदारी उठा सकता है?" रत्नाकर शाह सिर मटकाकर बोला—"इनके लिए तो मेरी संपत्ति से भी कहीं अधिक धन चाहिए।"

राजा के सेनापति ने कहा—"इनके लिए मैं अपनी जान तक दे सकता हूं; पर मेरे पास इतना धन नहीं।" सैकड़ों बीघे भूमि के मालिक धर्मपाल निः श्वास भरते हुए बोले—"अनावृष्टि के कारण मेरी सारी खेती सूख गई है। राजा का कर कैसे चुकाऊंगा, यही नहीं सूझ रहा।" अंत में एक भिखारी की लड़की सुप्रिया ने उठकर सभी का अभिवादन किया और संकोच के साथ बोली—"मैं दूंगी भूखों को भोजन।"

सभी आश्चर्यचकित हो एक साथ बोल उठे—"किस प्रकार? प्रतिज्ञापालन का यह कर्तव्य तू किस प्रकार पूरा करेंगी?" सुप्रिया ने उत्तर दिया—"मैं सभी से गरीब हूं—यही मेरी शक्ति है। मेरी शक्ति और भंडार आप सबके घरों में है।"

भगवान गौतम बुद्ध एक बार राजगृह के वेलुबन नामक स्थान में ठहरे हुए थे। एक दिन ब्राह्मण आकर उन्हें गालियां बकने लगा, क्योंकि उसका कोई सम्बन्धी भिक्षु-संघ में शामिल हो गया था। उसकी गालियां और फटकार सुनकर बुद्ध ने शान्त भाव से पूछा—"ब्राह्मण, क्या तुम्हारे यहां कभी कोई अतिथि या बन्धु-बान्धव आता हैं?"

"हां।" ब्राह्मण ने कहा।

"तुम उसके लिए अच्छी-अच्छी भोजन सामग्रियां भी तैयार कराते हो?"

"हां। कराता हूं।"

"अतिथि अगर उन चीज़ों का उपयोग नहीं करता, तब वे चीज़े किसे मिलती हैं।

वे हमारी चीजें होती हैं, हमारे यहां ही रहती हैं।"

बुद्ध ने कहा—"भाई, मैं तुम्हारी गालियों और फटकारों का कोई उपयोग नहीं कर सकता, क्योंकि न मैं कभी गाली बकता ही हूं और न किसी को फटकारता ही हूं। फिर बताओ, ये गालियां किसे मिलेंगी? तुम्हीं को न? यह तो आदान-प्रदान की बात है, जो चीज़ तुम देते हो वह मैं लेता नहीं और न वह किसी को देता ही हूं। स्वभावत: ही तुम्हारी दी हुई गालियां तुम्हें ही मिल रही हैं।

बुद्धदेव ने अपने शिष्यों से कहा—"मैं तुम्हें एक प्रदेश में किसी विशेष कठिन काम के लिए भेजना चाहता हूं। अगर उस देश के निवासियों ने तुम्हारी बात न सुनी, तो तुम क्या करोगे?"

भगवन्! हम समझेंगे कि वे लोग बड़े अच्छे हैं। उन्होंने हमारी बात नहीं सुनी, लेकिन हमें गाली तो नहीं दी।" एक शिष्य तत्परता से बोला।

और अगर उन्होंने तुम्हें गाली दी तो?"

"तो हम समझेंगे कि वे लोग बड़े अच्छे ही हैं। उन्होंने हमें न मारा, न पीटा।" दूसरे शिष्य ने जवाब दिया।

"और अगर मारा-पीटा तो?"

"जान से तो नहीं मार डाला। बड़े भले लोग हैं वे।"

"और अगर जान से मार डाला तो?"

चौथे शिष्य ने फुर्ती से कहा—"तब भी हम तो समझेंगे कि उस प्रदेश के। लोग बहुत ही अच्छे हैं, जिन्होंने हमें भगवान् का काम करते हुए भगवान के पास पहुंचाया।

मुस्कराते हुए बुद्धदेव बोले—"जाओ, शिष्यो! तुम परीक्षा में उत्तीर्ण हो गए। अब तुम धर्म-प्रचार कर सकते हो।"

भगवान बुद्ध को प्यास लगी थी। आनन्द पास के पहाड़ी झरने पर पानी लेने गए। किन्तु देखा कि झरने से अभी-अभी बैलगाड़ियां गुज़री हैं और सारा जल गंदला हो गया है। वे वापस लौट आए और भगवान से बोले—"मैं पीछे छूट गई नदी पर जल लेने जाता हूं, इस झरने का पानी बैलगाड़ियों के कारण गंदला हो गया है। किन्तु भगवान ने आनन्द को वापस उसी झरने पर भेजा। तब भी पानी साफ नहीं हुआ था और आनन्द लौट आए। ऐसा तीन बार हुआ। परन्तु चौथी बार आनन्द हैरान रह गए। सब सड़े-गले पत्ते नीचे बैठ चुके थे, काई सिमटकर दूर जा चुकी थी और पानी आईने की भांति चमक रहा था। इस बार वे पानी समेत लौटे।

भगवान ने तब कहा—“आनन्द, हमारे जीवन के जल को भी विचारों की बैलगाड़ियां रोज़-रोज़ गंदला करती हैं और हम जीवन से भाग खड़े होते हैं। किन्तु यदि हम भागें नहीं, मन की झील के शांत होने की थोड़ी-सी प्रतीक्षा कर लें, तो सब कुछ स्वच्छ हो जाता है, उसी झरने की तरह।”

महर्षि कणाद

वर्षा ऋतु का आगमन निकट देखकर एक दिन महर्षि कणाद ने सोचा कि होम-कार्य और रसोईघर के लिए अभी से समिधा और सूखा ईंधन एकत्र कर लेना चाहिए। वे शिष्यों को लेकर वन की ओर निकल पड़े। सबके हाथों में कुल्हाड़ियां और रस्सियां थीं। संध्या होते-होते समिधा और ईंधन का ढेर लग गया और उसे विशाल गट्ठरों में बांधकर, कंधों पर लादकर वे लोग आश्रम पहुंच गए।

अगले दिन सब शिष्य नित्य की भांति स्नान के लिए नदी की ओर चले। राह में वही जंगल पड़ता था, जहां उन्होंने कल परिश्रमपूर्वक लकड़ियां इकट्ठी की थीं। सभी ने ऐसा अनुभव किया कि जो जंगल कल बिल्कुल सूखा था, वह सहसा मधुर गंध वाले सहस्रों फूलों से महक उठा है। महर्षि ने साश्चर्य कहा- सखी लकडियों के इस जंगल में यह सगंध कैसी?» शिष्यों ने आसपास जाकर देखा। पता चला कि पिछले दिन परिश्रमपूर्वक ईंधन इकट्ठा करते समय जहां-जहां उनके स्वेद-बिंदु गिरे थे, वहां-वहां मधुर सौरभ वाले सुन्दर शुभ्र सुमन खिल उठे थे।

ऋषिकुमार सत्यकाम

...दूसरे दिन तपोवन के वृक्षों की चोटी पर नवीन प्रसन्नता से प्रभात जागा। विद्याभ्यास में लीन तापस-बालक उस पावन प्रात: बेला में सुस्निग्ध ओस की बूंदों के समान निर्विकार लगते थे। परम श्रद्धालु भाव से वे सब एक अति वृद्ध वट-वृक्ष की छाया में आचार्य गौतम को घेरकर बैठे थे।

इसी मुहूर्त में सत्यकाम ने समीप आकर ऋषि के चरणों में साष्टांग प्रणाम

किया और उत्सुक नेत्रों से टकटकी लगाए गुरु के आदेश की प्रतीक्षा करता रहा। आचार्य ने आशीर्वाद देकर पूछा—"प्रियदर्शी सौम्य! आज तो बताओ, तुम्हारा। गोत्र क्या है?"

बालक ने सुकोमल ग्रीवा को उन्नत कर कहा—"भगवन्, मैं नहीं जानता कि मेरा गोत्र क्या है! माता से पूछा था—उन्होंने कहा—'बेटा सत्यकाम! अपरिमित दैन्य से दंशित युवावस्था में ऋषियों और गृहस्थों की परिचर्चा करके तुम्हें पाया है। इतना ही भर मुझे ज्ञात है कि तुम इस पतिहीना जाबाला की कोख से जन्मे हो! तुम्हारा गोत्र मैं नहीं जानती !' "

सुनकर शेष छात्रों ने धीमे-धीमे बातें शुरू कर दीं। मधु के छत्ते में पत्थर फेंकने पर विक्षिप्त और चंचल मधुमक्खियों के समान सभी विक्षिप्त-से हो गए। कोई हंसने लगा, कोई उस लज्जाहीन अनार्य के अहंकार को धिक्कारने लगा। किन्तु गौतम ऋषि आसन छोड़कर उठे और दोनों बांहों में सत्यकाम को भरकर बोले— "हे द्विजोत्तम! आओ, मैं तुम्हें ब्रह्मज्ञान की शिक्षा दूंगा! तुम सब विद्याओं के अधिकारी हो।"

भगवान महावीर

सकडाल-पुत्र कुम्हार का काम करता था। उसके मिट्टी के बर्तनों का व्यापार भी अच्छा चलता था। गोशालक का अनुयायी होने के कारण वह भाग्यवादी था। उसकी मान्यता थी कि जो कुछ होता है, नियतिवश होता है; मानव के कृतित्व जैसा कुछ नहीं है।

एक बार भगवान महावीर उधर से निकले और उसके यहां ठहरे। बातचीत चली। उसी दौरान में उन्होंने पूछा—"भाई, एक बात बताओ! तुम्हारे यहां मिट्टी के बर्तन बनाए जाते हैं—भला यह सब कौन करता है?" सकडाल-पुत्र ने झट उत्तर दिया—"सब नियतिवश ही तो होता है जब संयोग मिल जाता है, तब ऐसा हो जाता है।" उन्होंने फिर पूछा—"अच्छा, अगर तुम्हारे इन पके-पकाए बर्तनों को कोई फोड़ दे तो?" कुम्हार कुछ तमका—"फोड़ेगा कैसे, मेरा नुकसान जो होता है; और वह है कौन मेरा नुकसान करने वाला?" भगवान महावीर ने फिर पूछा—"अगर कोई अत्याचारी तुम्हारी पत्नी से बलात्कार करे तो... ?"

यह सुनना था कि सकडाल-पुत्र आवेश में आ गया—"कौन माई का लाल है जो मेरे रहते मेरी पत्नी की तरफ आंख उठाकर देखे—मैं उसकी खबर न ले लूं?" महावीर बोले—"लेकिन इसमें उसका क्या दोष? जो कुछ होता है, वह नियति वश ही तो होता है!" सकडाल-पुत्र की आखें खुलीं। उसकी सारी भाग्यवादी मान्यता क्षण-भर में दूर हो गई। वह बड़े विनम्र भाव से बोला—"नहीं महाराज, आप ठीक कहते हैं। भाग्य का बीज तो पुरुषार्थ ही है।"

महर्षि दयानन्द

जाह्नवी का सुरम्य तट। ब्राह्म मुहूर्त की बेला और कंपायमान करने वाले पौष मास के दिवस। पवनदेव मानव-दंतावली से 'दंत-वीणोपदेशाचार्य› की शिक्षा-दीक्षा लेने में निरत थे।

प्रकृति शीत में बेहोश मालूम होती थी। वहीं सरिता के रेतीले भूभाग पर ऋषि दयानन्द बैठे थे। वे प्राणायाम करते, समाधिस्थ होते और अलिप्त भावों में खो जाने का अभ्यास करते थे।

नातिदुर, एक दीन-हीन गां अपने शिशु के शव को भागीरथी के जल में बहाने को झुकी। मारे शीत के स्त्री स्वयं जल-प्रवाह में लुढ़कते-लुढ़कते बची। उसकी एकमात्र ओढ़नी ही कफन का वस्त्र था और वह अब भीग चुका था। दुःख, विलाप और विवशता की त्रिवेणी में डूबती हुई वह अबला अनिमेष नेत्रों से लाश को निहार कर लौट चली।

वीतराग दयानन्द सरस्वती यह सब देखकर चिंतित हो उठे। उनकी ज्ञान-वीणा के तार विश्रृंखलित होने लगे। लेकिन उनका विचारमंथन अकथनीय था। अंततः उस नीरवता में, उनकी वाणी यों प्रस्फुटित हुई: "हे सर्वेश्वर ! यह क्या देख रहा हूं? मेरी माताओं की यह दशा! मुझे सर्वांगीण शक्ति दो। मैं पिछड़े लोगों को उठाकर ही दम लूंगा। राष्ट्र के समस्त भाई-बहनों के हित में, मैं आज से अपनापन मिटा दूंगा।"

प्रयाग में गंगा-तट पर एक महात्मा रहते थे। वे वयोवृद्ध थे। जब कभी महर्षि दयानन्दजी उन्हें मिलते, तो वे महर्षिजी को बच्चा› कहकर संबोधन करते

थे। एक दिन उस वृद्ध संत ने महर्षिजी को कहा—"बच्चा, अगर आप पहले के ही निवृत्ति-मार्ग में स्थिर रहते और परोपकार के झगड़े में न पड़ते तो आपकी इसी जन्म में मुक्ति हो जाती। अब तो आपको एक और जन्म धारण करना पड़ेगा।"

महर्षिजी ने कहा—"महात्मन्! मुझे अपनी मुक्ति का कुछ भी ध्यान नहीं है। जिन लाखों मनुष्यों की मुक्ति-चिंता मुझे चलायमान कर रही है उनकी मुक्ति हो जाए, मुझे भले ही क्यों न कई जन्म धारण करने पड़े। दुःखों के त्रास से, दीन दशा से और दुर्बल अवस्था से परम पिता के पुत्रों को मुक्ति दिलाते, मैं आप ही आप मुक्त हो जाऊंगा।"

एक घोर वेश्यागामी युवक को उसके हितैशी मित्र महर्षिजी के पास लाए कि इसे सत्पथ पर ले आइए। महर्षिजी ने वेश्यावृत्ति से होने वाले आत्मिक, शारीरिक और सामाजिक पतन का चित्र उसके सामने खींचा। फिर उन्होंने पूछा—"युवको, भला यह तो बताओ कि वेश्यासक्ति से यदि लड़की उत्पन्न हो, तो वह लड़की किसकी हुई?" युवक के मित्रों ने कहा—"उस वेश्यासक्त पुरुष की।" महर्षिजी ने पूछा—"युवती होकर वह क्या काम करेगी?" वह युवक स्वयं बोला—"भला और क्या करेगी? बाज़ार में बैठेगी।" तब महर्षिजी ने मर्मस्पर्शी शब्दों में कहा—"देखिए, संसार में कोई भी भला मनुष्य नहीं चाहता कि उसकी पुत्री अपना शरीर बेचे। परन्तु वेश्यानुरक्त जन ही ऐसे हैं जो अपनी ही बेटियों को वेश्या बनाते हैं। आप ही सोचिए कि क्या यह बहुत बुरी बात नहीं है?"

यह सुनकर कुव्यसनी युवक के रोंगटे खड़े हो गए। उसने महर्षिजी के चरण छूकर सदाचार का व्रत लिया। बाद में वह महर्षिजी का भावनावान शिष्य बन गया और उनके कार्यों में सहायता देता रहा।

बंबई में आर्यसमाज मंदिर के निर्माण के लिए एक निधि खोली गई थी। लोग यथाशक्ति उसमें दान दे रहे थे। एक मारवाड़ी सज्जन महर्षि दयानन्द के निकट आए और नम्रता से बोले—"महाराज, मेरे पास दस सहस्र रुपये हैं। वह सारा

द्रव्य मैं आर्य समाज मंदिर के कोश में समर्पित करता हूं। कृपया यह तुच्छ भेंट स्वीकार कीजिए।"

महर्षिजी ने उनकी भावना की प्रशंसा करते हुए कहा—"मैं अतीव प्रसन्न हूं कि आपके हृदय में इतना धर्मप्रेम है। परन्तु मैं आपकी संपूर्ण पूंजी लेकर आपके परिवार को परमुखापेक्षी, परान्नपरायण भिक्षुक नहीं बनाना चाहता।" आगे उन्होंने समझाया—"जिस धर्म के एक अंग का पालन करते दूसरा धर्मांग बिगड़ जाए, वह धर्म ठीक नहीं। उस मंदिर की क्या शोभा होगी, जिसके बनने में आपका व्यापर बंद हो जाए, आपकी गृहस्थ-यात्रा न चल सके? हां, आपसे एक सहस्त्र रुपया अवश्य लिया जा सकता है।"

गुरु नानक

गुरु नानक एक बार घूमते-घूमते एक गांव में उपदेश देने के लिए ठहर गए। ग्रामवासियों ने उनका स्वागत बड़े प्रेम से किया। काफी लोगों ने ध्यान से उनका उपदेश सुना।

दूसरे दिन नानकजी चलने लगे, तो उन्होंने ग्रामवासियों को आशीर्वाद दिया—"उजड़ जाओ !" शिष्यों ने सुना तो दंग रह गए; पर कुछ बोले नहीं।

शाम होते-होते वे दूसरे गांव में जा पहुँचे। यह गांव बदमाशों का था। वहां के लोगों ने उनका खूब तिरस्कार किया। कटु वचन की क्या, वे तो लड़ने झगड़ने तक को भी उतारू हो गए। नानकजी वहां से दूसरे दिन रवाना हुए तो हंसते हुए बोले, "आबाद रहो।"

शिष्यों ने सुना तो आश्चर्यचकित रह गए। एक शिष्य से नहीं रहा गया। वह पूछ बैठा—"भगवन्! आपने बड़े ही विचित्र आशीर्वाद दिए हैं। स्वागत-सत्कार करने वालों को तो आपने 'उजड़ जाने का आशीर्वाद दिया और तिरस्कार करने वालों को 'आबाद रहने› का। आखिर इन रहस्यमय विचित्र आशीर्वादों का रहस्य तो बताइए!"

नानकजी की मंद-मंद मुस्कराहट बिखर पड़ी। हंसते हुए बोले—"सज्जन

लोग उजड़ेंगे तो वे जहां भी जाएंगे, अपनी सज्जनता के बल पर उत्तम वातावरण बना लेंगे; पर दुर्जनों का तो एक ही जगह बंधे रहना शुभ है।"

गुरु गोविंदसिंह

नीचे वेगवती और निर्मल यमुना बह रही थी, ऊपर से चट्टानी तट उस पर झुका हुआ था। चारों ओर वन-निबिड़, निर्झर-विदीर्ण पर्वत घिरे थे। गुरु गोविंदसिंह चट्टान पर बैठे, धर्मग्रंथों के स्वाध्याय में लीन थे। तभी अपने ऐश्वर्य। का अभिमानी शिष्य रघुनाथ आया और प्रणाम करके बोला—"एक तुच्छ भेंट सेवा में लाया हूं।" और उसने सोने के दो हीरे-जड़े कड़े गुरु के समक्ष रख दिए।

गुरु ने एक को उठाया और उंगली के चौगिर्द चक्र की भांति घुमाया। हीरे किरणें बिखेरने लगे। तभी कड़ा उंगली पर से उछला और चट्टान पर से लुढ़कता हुआ नदी में गिर पड़ा।

हाय!" कहता हुआ रघुनाथ नदी में कूद पड़ा और कड़े को खोजने लगा। गुरु पुनः स्वाध्याय में तन्मय हो गए।

दिन छिपे रघुनाथ पानी से निकला और हांफता हुआ बोला—"अगर आप बता दें कि कड़ा कहां गिरा है, तो अब भी मैं उसे खोज लाऊंगा।" गुरु ने दूसरा कड़ा उठाया और उसे पानी में फेंककर कहा—"ठीक वहां।"

—रवीन्द्रनाथ ठाकुर

ईसा मसीह

जेकस जितना धनी था, उतना ही अनाचारी भी था। जब वह टैक्स-वसूली के लिए निकलता, तो नगर-निवास उसकी अमानुषिक यातनाओं के भय से जंगलों में जा छिपते। उसके स्वामित्व में कई शराबखाने भी थे, जहां रात-दिन दुराचार के दावानल सुलगते रहते।

एक दिन ईसा उस नगर में आए। अपार भीड़ उनके दर्शन को उमड़ पड़ी। कौतूहलवश जेकस भी एक पेड़ पर चढ़कर ईसा के आगमन की प्रतीक्षा करने

लगा। किन्तु जब स्वयं ईसा ने उसे यों सम्बोधित किया, तो वह आश्चर्य-स्तब्ध रह गया—"जेकस, जल्दी पेड़ से नीचे उतरो। मैं आज तुम्हारा ही अतिथि बनूंगा।"

ईसा को एक पापी के साथ इस प्रकार स्नेह-भाव से जाते देख दर्शकों का रोष उबल पड़ा। वे स्वयं ईसा की भी निंदा करने लगे। किन्तु वीतराग ईसा को निंदा-स्तुति से क्या सरोकार! वे जेकस के घर गए और उसके अतिथि बने। अंतर्यामी त्राता की इस अशेष करुणा का स्नेहल स्पर्श पाकर जेकस का हृदय हिम-पाषाण की भांति पिघल गया। जड़ तर्क जिसे वर्षों से नहीं कर पा रहा था, उसे प्रेम ने एक क्षण में चरितार्थ कर दिया। अभ्यर्थना-सत्कार के बाद आत्म-स्फूर्त जेकस ने गद्-गद् कंठ से कहा—"प्रभो, अपनी आधी सम्पत्ति मैं दरिद्रनाराण के अर्पण करता हूं और जिनसे मैंने अनुचित धन प्राप्त किया है उन्हें चौगुना वापस करने का वचन देता हूं।"

—संत ल्यूक की गाथा के अनुसार

हज़रत मुहम्मद

मक्का में हज़रत मुहम्मद के कई दुश्मन थे। उनमें एक ऐसा था जो उन्हें सड़क से गुज़रते हुए देखता, तो ढेर सारा कूड़ा-करकट उनके सिर पर डाल देता था। मुहम्मद साहब सब्र के धनी थे, अपने रास्ते चुपचाप चले जाते। धीरे-धीरे यह काम उस आदमी का नित्यकर्म-सा हो गया। एक दिन यह क्रम टूट गया, तो हज़रत मुहम्मद चिंतित हुए। उन्होंने पड़ोस के लोगों से जाकर पूछा तो मालूम हुआ कि उस आदमी की तबीयत खराब हो गई है। मुहम्मद साहब तुरन्त उसके घर गए और पलंग के निकट बैठकर उसके स्वस्थ होने की प्रार्थना करने लगे। यही नहीं, उसके स्वस्थ होने तक उसकी सेवा-टहल भी की।

एक बार एक महिला अपने पुत्र को लेकर पैग़म्बर मोहम्मद के पास गई और बोली—"इस बालक की बहुत अधिक मिठाई खाने की आदत है, जिससे इसका स्वास्थ्य चौपट हुआ जा रहा है। मैं हमेशा इसे इस बुरी आदत को छोड़ देने की

कहती हूं, लेकिन इस पर कोई असर ही नहीं होता। अगर आप कृपा करके इसे समझाएं तो यह अपनी बुरी आदत छोड़ देगा।" पैगम्बर क्षण-भर तो चुप रहे, फिर बोले—"मैं अवश्य इस बालक को समझाऊंगा, लेकिन अभी नहीं, सप्ताह-भर बाद।"

उनके इस कथन से विस्मित हुई वह महिला वापस लौट गई। सप्ताह-भर बाद वह पुनः अपने पुत्र के साथ पैगम्बर के पास आई। पैगम्बर ने अपना वादा पूरा किया। उन्होंने बालक को सीधे-सादे शब्दों में, अधिक मिठाई खाने से होने वाली खराबियां समझाई और यह बुरी आदत छोड़ देने का कहा।

तब उस महिला ने पैगम्बर से प्रश्न किया कि यह तो आप पहले दिन ही समझा सकते थे, इसके लिए सप्ताह-भर का समय क्यों लिया। पैगम्बर का उत्तर था—"सप्ताह-भर पहले जब आप इस बालक को लेकर आई थीं, मैं स्वयं इस आदत का शिकार था। लेकिन इस एक सप्ताह में मैंने वह आदत छोड़ दी है। सप्ताह-भर पहले मैं सलाह देने योग्य नहीं था। स्वयं को इस योग्य बनाने के लिए एक सप्ताह का समय लिया था।"

हज़रत इब्राहीम

रोज़ की तरह आज भी हज़रत इब्राहीम अपने तंबू के दरवाज़े पर बैठे हुए थे कि उधर से कोई राहगीर गुज़रे, तो बुलाकर उसका आतिथ्य करें। इतने में उन्होंने देखा कि ज़िन्दगी और सफर से थका-झुका, सौ बरस का एक बूढ़ा राहगीर लठिया टेकता हुआ उन्हीं की ओर चला आ रहा है। इब्राहीम ने बड़े प्यार से उसका स्वागत किया, उसके पांव धोए और उसे बैठाकर खाना परोसा। लेकिन उन्होंने देखा कि बूढ़े ने न तो प्रार्थना की, न ईश्वर को धन्यवाद दिया; बल्कि एकदम खाने पर हाथ साफ करना शुरू कर दिया। उन्होंने बूढ़े से पूछा—"बाबा, तुम ईश्वर की इबादत नहीं करते?" बूढ़े ने उत्तर दिया—"मैं तो अग्नि की पूजा करता हूं और दूसरे किसी ईश्वर को नहीं मानता।"

यह सुनना था कि हज़रत इब्राहीम आगबबूला हो गए और उन्होंने बूढ़े को उसी क्षण धक्का देकर तंबू से निकाल दिया—यह भी न सोचा कि रात गहरी हो चुकी है और चारों ओर बियाबान रेगिस्तान है।

बूढे के चले जाने के बाद, ईश्वर ने इब्राहीम को पुकारा और उनसे पूछा कि बूढ़ा अजनबी कहां गया। इब्राहीन ने उत्तर दिया—"भगवन्, मैंने ही उसे निकाल दिया; क्योंकि वह तुम्हारी इबादत नहीं करता।"

ईश्वर इसपर बोला—"इब्राहीम, वह हमेशा मेरी तौहीन करता है; फिर भी सौ साल से मैं उसे सहता चला आया हूं। क्या तुम एक रात के लिए भी उसे नहीं सहार सकते थे?"

जम टेलर

2

संत-महात्मा

महाप्रभु चैतन्य

आरती की पावन बेला थी। रव और शंखनाद से भगवान जगन्नाथ का मन्दिर गुंजरित था। नित्य की भांति महाप्रभु चैतन्य गरुड़-स्तम्भ के समीप खड़े थे।

भक्त-जनों की भीड़ घने वन जैसी निविड़ थी। एक उड़िया स्त्री बहुत उचकने के बाद भी भगवान का दर्शन नहीं पा सकी, तो गरुड़-स्तम्भ पर चढ़ गई और महाप्रभु के कंधे पर पैर टिकाकर आरती देखने लगी।

महाप्रभु के शिष्य गोविन्द यह देख उस स्त्री को डांटने लगे। किन्तु महाप्रभु ने उन्हें रोकते हुए कहा—"डांटो मत आदिवश्य! करने दो इसे जी भरकर भगवान का दर्शन।"

परन्तु वह उड़िया स्त्री हड़बड़ाकर नीचे उतर गई और महाप्रभु के चरणों में गिरकर क्षमा मांगने लगी। तब महाप्रभु बोले—"दर्शन की जो प्यास भगवान ने इस माता को दी है, काश वह मुझे भी दी होती! यह दर्शन में इस भांति तन्मय थी कि इसे भान ही नहीं हुआ कि इसका पैर मेरे कंधे पर है।"

"धन्य है यह! मुझे तो इसकी चरण-वन्दना करनी चाहिए, ताकि मुझमें भी ऐसा उत्कट भक्ति-भाव जागे।"

रामकृष्ण परमहंस

श्री रामकृष्ण परमहंस ने एक बार एक किस्सा सुनाया।

एक योगी अपने गुरु के पास गया और कहने लगा—"मैंने चौदह वर्ष जंगल में रहकर योगाभ्यास किया। फलस्वरूप मैंने पानी के ऊपर चलने की दैवी शक्ति पा ली है—मेरी योग-साधना सफल हुई।"

गुरु ने उत्तर दिया—"तुमने क्यों चौदह वर्ष का व्यर्थ कष्ट झेला? डेढ़ पैसे में मांझी तुम्हें पार पहुंचा सकता है। तुमने जो सिद्धि पाई है, वह तो सिर्फ डेढ़ पैसे की है।"

स्वामी विवेकानन्द

एक बार मैं काशी में किसी जगह जा रहा था। उस जगह एक तरफ भारी जलाशय और दूसरी तरफ ऊंची दीवार थी। उस स्थान पर बहुत-से बन्दर रहते थे। काशी के बन्दर बड़े दुष्ट होते हैं। अब उनके मन में यह विकार पैदा हुआ कि मुझे उस रास्ते पर से न जाने दें। वे विकट चीत्कार करने लगे और झट आकर मेरे पैरों से चिपटने लगे। उन्हें निकट देखकर मैं भागने लगा। किन्तु मैं जितना ज्यादा ज़ोर से दौड़ने लगा, वे उतनी ही अधिक तेज़ी से आकर मुझे काटने लगे। उनके हाथ से छुटकारा पाना असंभव प्रतीत होने लगा। ऐसे ही समय एक अपरिचित ने आकर मुझे आवाज़ दी–"बन्दरों का सामना करो।" मैं भी जैसे ही उलटकर उनके सामने खड़ा हुआ, वैसे ही वे पीछे हटकर भाग गए।

समस्त जीवन में, जो कुछ भी भयानक है, उसका हमें सामना करना पड़ेगा, साहसपूर्वक उसके सामने खड़ा होना पड़ेगा। यदि हमें मुक्ति या स्वाधीनता का अर्जन करना हो, तो प्रकृति को जीतने पर ही हम उसे पाएंगे, प्रकृति से भागकर नहीं। कापुरुष कभी विजय नहीं पा सकता। हमें भय, कष्ट और अज्ञान के साथ संग्राम करना होगा, तभी वे हमारे सामने से भागेंगे।

पिछली सदी के विख्यात लेखक तथा पत्रकार श्री सखाराम ग.देउस्कर एक बार अपने दो मित्रों के साथ स्वामी विवेकानन्दजी से मिलने गए। बातचीत के दौरान स्वामीजी को पता चला कि उनमें से एक सज्जन पंजाब के निवासी हैं। उन दिनों पंजाब में अकाल पड़ा हुआ था। स्वामीजी ने अकाल-पीड़ितों के विषय में चिन्ता प्रकट की और पीड़ितों के लिए क्या-क्या राहत कार्य किए जा रहे हैं, उस बारे में पूछताछ की। तदनन्तर वे शिक्षा तथा नैतिक एवं सामाजिक उन्नति के बारे में बातें करते रहे। स्वामीजी से विदा लेते समय उस पंजाबी गृहस्थ ने विनयपूर्वक कहा—"महाराज, मैं तो आपके पास इस आशा से आया था कि धर्म के विषय में उत्कृष्ट उपदेश सुनने को मिलेगा; परन्तु आप तो सामान्य विषयों की ही चर्चा करते रहे और आपके पास से कुछ भी ज्ञान नहीं मिला।"

स्वामीजी क्षण-भर चुप रहे, फिर बड़े गम्भीर स्वर में बोले

भाई, जब तक मेरे देश में एक भी छोटा बच्चा भूखा है, तब तक उसे खिलाना, उसे संभालना, यही सच्चा धर्म है। इसके सिवा जो कुछ है, वह झूठा धर्म है। जिनका पेट खाली हो, उनके सामने धर्म का उपदेश करना निरा दंभ है। पहले उन्हें रोटी का टुकड़ा देने का प्रयत्न करना चाहिए।"

पूर्वी बंगाल के कुछ जिलों में दुर्भिक्ष पड़ा था। स्वामी विवेकानन्द पीड़ितों के लिए अन्न-धन एकत्र कर रहे थे। जब वे ढाका में थे, तब उनसे कुछ वेदांती पंडित शास्त्रार्थ करने आए। स्वामीजी ने उन्हें आदर से बैठाया और अकाल की चर्चा करते हुए कहा—"जब मैं अकाल से लोगों को मरते हुए सुनता हूं, तो मेरी आंखों में आंसू आ जाते हैं। क्या इच्छा है प्रभु की!"

यह सुन सभी पंडित मौन रहे और एक-दूसरे से नज़र मिला मन्द-मन्द मुस्कराने लगे। उनकी इस विचित्र प्रतिक्रिया को देखकर स्वामीजी स्तब्ध रह गए। कुछ देर मौन रहने के पश्चात् वे पूछ बैठे—"आप लोग मुझपर हंस क्यों रहे हैं?" एक पंडित ने और अधिक मुस्कराते हुए कहा—"स्वामीजी, हम तो समझते थे कि आप वीतराग संन्यासी हैं। सांसारिक सुख-दुख से ऊपर हैं। लेकिन आप तो इस नाशवान शरीर के लिए आंसू बहाते हैं, जो आत्मा के निकल जाने पर मिट्टी से भी गया-बीता है।"

स्वामीजी उनके तर्क को सुनकर अवाक् रह गए। आवेश में आकर डंडा उठा पंडित की ओर बढ़े और बोले—"लो, आज तुम्हारी परीक्षा है। यह डंडा तुम्हारी आत्मा को नहीं मारेगा, केवल नश्वर देह को ही मारेगा। अगर यथार्थ में पंडित हो, तो अपनी जगह से मत हिलना।"

फिर क्या था, पंडित वहां से ऐसे भागे कि घर पहुंचकर ही सांस ली और डंडे के भय से अपना सारा शास्त्रज्ञान भूल गए।

मिस्र के काहिरा शहर में एक बार स्वामी विवेकानन्द रास्ता भूल गए और भटकते-भटकते वेश्याओं के गन्दे मोहल्ले में जा निकले। दुः संयोग यों रहा कि वेश्याओं ने ग्राहक समझकर उनका भी आह्वान किया। स्वामीजी निस्संकोच उनके पास गए। किन्तु उन तक पहुंचते-पहुंचते उनके अंतर्यामी की करुणा आंखों से टपकने लगी थी। रुद्ध कण्ठ से अपने साथियों को सम्बोधित करके स्वामीजी। बोले—"ये ईश्वर की हतभाग्य सन्तानें हैं। शैतान की उपासना में भगवान को भूल गई हैं।"

करुणा-विह्वल स्वामीजी के इस दिव्य रूप को देखकर वेश्याएं भी फूटफूटकर रोने लगीं। एक सप्ताह बाद ही उस मोहल्ले की वेश्याओं ने अपनी समस्त सम्पत्ति लगाकर उस गन्दी गली को एक सुन्दर सड़क में परिणत कर लिया और शीघ्र ही वहां एक पार्क, एक मठ और एक महिलाश्रम भी निर्मित हो गया।

—*श्रीमती कैलमे*

काषाय-वस्त्र, सिर पर पगड़ी, हाथों में डंडा और कंधों पर चादर डाले, स्वामी विवेकानन्द शिकागो (अमेरिका) की सड़कों से गुज़र रहे थे। उनकी यह वेशभूषा अमेरिका-निवासियों के लिए कौतूहल की वस्तु थी। पीछे-पीछे चलने वाली एक महिला ने अपने साथ के पुरुष से कहा—"ज़रा इन महाशय को तो देखो—कैसी अनोखी पोशाक है।"

स्वामीजी को समझते देर न लगी कि ये अमेरिका-निवासी उनकी भारतीय वेशभूषा को हेय नज़रों से देख रहे हैं। वे रुके और पीछे-पीछे आने वाली उस भद्र महिला को सम्बोधित कर बोले—"बहन! मेरे इन कपड़ों को देखकर आश्चर्य मत करो। तुम्हारे इस देश में कपडे ही सज्जनता की कसौटी हैं, पर जिस देश से मैं आया हूं, वहां सज्जनता की पहचान मनुष्य के कपड़ों से नहीं, उसके चरित्र से होती है।"

स्वामी विवेकानन्द की प्रेरणा से अनेक कर्मवीर भारतीय वेदांत के प्रचार के लिए अमेरिका जाते थे। एक दिन एक संन्यासी सिस्टर निवेदिता के पास आए। तथा अमेरिका में वेदांत-प्रचार की प्रणालियों पर जिज्ञासा की। निवेदिता ने एक क्षण सोचा; फिर संन्यासी से एक चाकू देने की प्रार्थना की, जो उनके पास रखा हुआ था। संन्यासी ने फौरन धार वाले भाग को स्वयं पकड़कर काठ वाला भाग निवेदिता की ओर कर दिया। "बिलकुल ठीक!" सिस्टर निवेदिता बोली"विदेश में कार्य करने की उचित शैली यही है। संकटों के सामने स्वयं रहो तथा सुरक्षित भाग दूसरों के लिए छोड़ दो।"

स्वामी संबुद्धानन्द

इस जगत् में अगर मैं किसी से प्यार करता हूं, तो वह है मेरी मां। मेरी मां—जिसने अपनी तमाम सांसारिक यंत्रणाओं के बीच भी मेरे प्रति स्नेहमयी-ममतामयी बनी रहकर मुझे सम्पूर्ण मानव जाति को प्यार करना सिखाया।

उसका सारा जीवन कष्टमय रहा है। मेरा मंझला भाई भी जब से घर छोड़कर निकला है, मां का हृदय विदीर्ण हो गया है। मेरा सबसे छोटा भाई इस योग्य नहीं दिखता कि वह घर चलाने लायक कुछ सन्तोषजनक उपार्जन कर सके। और अपने सबसे प्यारे बेटे को, जिसे वह अपना एकमात्र भरोसा समझती थी, ईश्वर और मानव-जाति की सेवा में अर्पित कर दिया।

मैंने अपनी मां का समुचित ध्यान नहीं रखा। अब मेरी एक ही अन्तिम इच्छा है कि मैं शेष समय मां के साथ रहकर उसकी सेवा-शुश्रुषा में लगाऊं। इससे निश्चय ही मेरे और मां के अन्तिम दिन सहजता में बीतेंगे।

श्री शंकराचार्य को भी ठीक यही करना पड़ा था। अपने जीवन के अन्तिम दिनों में वे मां के पास लौट गए थे। मैं भी जीवन के शेष दिन मां के साथ उसकी सेवा में गुज़ारना चाहता हूं।

(जयपुर के महाराज अजितसिंह को लिखे स्वामी विवेकानन्द के एक पत्र का अंश)

सन् १८९९ में कलकत्ते में भयंकर प्लेग फैला हुआ था। शायद ही कोई ऐसा घर बचा था जिसमें रोग का प्रवेश न हुआ हो। स्वामी विवेकानन्द, उनके कई शिष्य तथा गुरुभाई स्वयं रोगियों की सेवा-शुश्रूषा करते रहे, स्वयं अपने हाथों से नगर की गलियां और बाज़ार साफ करते रहे। तभी कुछ पंडितों की मंडली स्वामीजी से मिली।

पंडितों ने उनसे कहा—"स्वामीजी, आप यह कार्य ठीक नहीं कर रहे हैं। पाप बहुत बढ़ गया है, इसलिए इस महामारी के रूप में भगवान लोगों को दंड दे रहे हैं। आप लोगों को बचाने का यत्न कर रहे हैं ! ऐसा करके आप भगवान के कार्यों में बाधा डाल रहे हैं।"

स्वामीजी ने उत्तर दिया—"पंडितगण, मनुष्य तो अपने कर्मों के कारण कष्ट पाता ही है, लेकिन उसे कष्ट से मुक्त करने वाला अपने पुण्य को पुष्ट करता है। जिस प्रकार उनके भाग्य में दुःख पाना, कष्ट पाना बदा है, उसी प्रकार इन कार्यकर्ताओं के भाग्य में रोगियों का कष्ट दूर करके पुण्य अर्जित करना बदा है।"

महर्षि देवेन्द्र ठाकुर

ज्ञान का सूर्य जिनके हृदय में चमक रहा हो, वे वाद और वितंडा में पड़ना पसन्द नहीं करते। पहाड़ की चोटी पर खड़े मनुष्य को नीचे के सभी पेड़-पौधे एक-से ही नज़र आते हैं। ब्राह्म समाज के प्रसिद्ध उपदेशक प्रतापचन्द्र मजूमदार

एक दिन महर्षि देवेन्द्रनाथ ठाकुर के यहां गए। महर्षि की मेज़ पर उन्होंने ईसाई धर्म की अनेक पुस्तकें रखी देखीं। उनका खयाल था कि ईसाइयत के प्रति महर्षि के मन में तिरस्कार है। अत: वे बहुत विस्मित हुए और उन्होंने पुस्तकों की ओर इशारा करके महर्षि से पूछा—"ये आपकी मेज़ पर कैसे आईं?"

उत्तर मिला—"जब मैं निचाई पर घूम रहा था, तब मुझे जगह-जगह टेकरियां और ऊंची-नीची ज़मीन दिखती थी। परन्तु अब मैं कुछ ऊपर चढ़ गया हूं, इसलिए नीचे का क्षेत्र मुझे एक समतल मैदान जैसा दिखाई देता है और एक ही मालिक की देन जैसा लगता है।"

महात्मा गांधी

पूना-अस्पताल में महात्माजी का आपरेशन› हुआ था। स्व. मोतीलालजी उनसे मिलने गए और बातों-बातों में अपने लाड़ले बेटे की करतूतों का बयान करने लगे—"जवाहरलाल से एक-दो बातें आपको कहनी ही होंगी। एक तो यह कि वह चना-चबेना खा लेता है, भरी गर्मी में भी 'थर्ड क्लास में सफर करता है। यह हमसे कैसे देखा और सहा जा सकता है? त्याग और कष्ट को मैं भी पसन्द करता हूं; पर इस तरह की चीज़ तो जहालत है। दूसरे उसके बन्दरपन की एक हरकत सुनिए-माघ मेले पर संगम के किनारे इन्तज़ाम के लिए पुलिस ने बल्लियों से रोक लगा रखी थी। बस, जवाहरलाल वहां जा पहुंचा और उछलकर बल्लियों के पार संगम में कूद पड़ा। तब से मैं इन्दु से कहने लगा, तेरा बाप तो आव देखता है न ताव, लड़कपन कर बैठता है।"

बापूजी ने उस वत्सल पिता को आश्वासन देकर विदा किया।

एक व्यक्ति गांधीजी के परम भक्त थे। बहुत-से अनुयायियों की अपेक्षा उनके अत्यन्त समीप भी थे। वे विवाहित थे; पर एक अविवाहित युवती से प्रेम करने लगे थे।

बातों ही बातों में बापू ने मुझे उनके सम्बन्ध में सारी बातें बताईं:

"मैंने उनसे सत्य स्वीकार कर लेने को कहा। उन्होंने वैसा ही किया भी। तब से मैंने उस युवती को अपने संरक्षण में ले लिया, अभी कुछ दिन पूर्व उसने एक शिशु को जन्म दिया है। मैं नवजात शिशु तथा उसकी मां की देखरेख करूंगा। वे सज्जन भी मेरे साथ ही हैं।

फिर क्षण भर रुककर बोले—"अन्य तरीकों द्वारा जनता के तिरस्कार से वे बच नहीं सकते थे। लेकिन प्रेम क्या ऐसी गांठ है जिसपर तलवार से प्रहार किया जाए?"

ज्यों ही उन्होंने यह कहा, मुझे ईसा की आद आ गई, जिसने मेरी नामक एक युवती को ऐसे ही दोष से मुक्त कर दिया था।

कन्हैयालाल माणिकलाल मुंशी

आज़ादी मिलने के बाद, कुछ कांग्रेस-कार्यकर्ता दिल्ली नगर में बापू का सौंपा हुआ कोई काम कर रहे थे। उन दिनों सारे भारत में ही हिन्दू-मूसलमान एक-दूसरे के खून के प्यासे थे। एक दिन शाम को किसी कार्यकर्ता ने बापू को एक बड़ी दर्दनाक सूचना दी।

बापू बोले—"इस तरह इन घटनाओं का अन्त न होगा। अब मुझे उपवास रखना ही पड़ेगा।" और बापू ने उपवास-व्रत ले लिया।

इसपर दिल्ली के कांग्रेस-कार्यकर्ताओं को बड़ी ही चिन्ता हुई।

अगले दिन शाम के वक्त जब वे बापू के पास पहुंचे तो बापू बहुत खुश नज़र आए। उन्होंने पूछा—"बापू, आज आप इतने खुश क्यों नज़र आ रहे हैं?"

बापू बोले—"कल तक मैं केवल अन्याय की बातें सुनता था और सुनकर चुप हो जाता था। अब मुझमें अन्याय का विरोध करने की शक्ति आ गई है और मैने अन्याय को दूर करने के लिए कमर कस ली है। मेरे लिए इससे अधिक खुशी की बात और क्या हो सकती है?"

बापू बोले—"कल तक मैं केवल अन्याय की बातें सुनता था और सुनकर चुप हो जाता था। अब मुझमें अन्याय का विरोध करने की शक्ति आ गई है और मैने अन्याय को दूर करने के लिए कमर कस ली है। मेरे लिए इससे अधिक खुशी की बात और क्या हो सकती है?"

किशोरलाल मशरूवाला गांधीजी से कहते थे—"मैं आपका अनुयायी नहीं हूं, आपके साथ-साथ चलने का प्रयल करता हूं। आपने जिस सत्य को पहचाना है, लोगों को समझाते हैं, उसे समझने की मैं भी कोशिश करता हूं। क्योंकि सत्य की शोध में निकला हूं।"

पर उन्होंने ऐसा क्यों कहा? क्या गांधीजी के पीछे चलने में उन्हें अपमान अनुभव होता था? परन्तु ऐसी बात नहीं थी। उनका आशय यह था कि अनुयायी बनकर पीछे-पीछे चलने से वे स्वतन्त्र चिंतन न कर सकेंगे। भगवान बुद्ध हमेशा अपने शिष्यों से कहा करते थे—"कोई बात मैं कहता हूं—इसलिए तुम उसे स्वीकार लो, ऐसा नहीं होना चाहिए। जो बात तुम्हें सच्ची लगती हो, उसे ही स्वीकारना।"

वस्तुतः किसी महापुरुष के पीछे-पीछे बिना समझे-बूझे चलने के बजाय उसके साथ-साथ चलना चाहिए। पीछे-पीछे चलने के कारण हम उस महापुरुष की पीठ भर देख पाएंगे, मुंह नहीं, जिससे उसके चले जाने के बाद गलत दिशा। की ओर मुड़ जाने का खतरा हमेशा बना रहेगा।

साथ-साथ चलने से उसके जाने के बाद हम अपने को असहाय या अपंग अनुभव नहीं करेंगे; क्योंकि उसका सत्य हमारा भी सत्य बन चुका होगा।

—रविशंकर महाराज

एक बार एक अमेरिकन स्त्री ने बापू से पूछा—"आपको क्रोध आता है या नहीं?"

बापू ने हंसकर जवाब दिया—"बा से पूछो।"

बा को बापू के क्रोध का कैसा अनुभव था, वह इस घटना में पढ़िए:

बापू भिवानी गए थे। साथ में बा भी थीं। बापू का बड़ा भारी स्वागत हुआ। हॉल में बापू बैठे थे और दर्शकों से हॉल भरा हुआ था; पर बा नहीं थीं। पंडित नेकीराम शर्मा बा को खोजने लगे, तो वे एक सूने कमरे में खिड़की के पास बाहर की ओर मुंह करके चुपचाप खड़ी मिलीं।

पंडित नेकीराम ने पूछा—"आप यहां क्यों खड़ी हैं?"

बा ने उदास भाव से कहा—"बापू की खड़ाऊं कहीं खो गई हैं।"

पंडितजी ने कहा—"खड़ाऊं की यहां क्या कमी है? अभी नई मंगवा देता हूं।"

बा ने कहा—"वे अपनी खड़ाऊं पहचानते हैं।"

नहाने का समय आया। बापू ने स्नान किया तो उनके सामने एक जोड़ी नई खड़ाऊं रखी गईं। उन्हें देखकर उन्होंने कहा "ये तो मेरी खड़ाऊं नहीं हैं।"

डरी हुई बा ने आगे आकर कहा—"वे तो रेल में कहीं छूट गईं।"

बापू ने कहा—"तुम्हारे साथ रहकर जो क्रोध को जीत सकता है, वह संसार को जीत सकता है।"

और वे खड़ाऊं पहने बिना ही अपने काम के कमरे में चले गए।

जाड़े के दिन थे। गांधीजी सेवाग्राम-स्थित अपने आश्रम की गोशाला में पहुंचे। गायों की पीठ पर हाथ फेरा, बछड़ों को प्यार से सहलाया और तभी उनकी नज़र वहीं खड़े एक गरीब लड़के पर पड़ी। बापू उसके पास आए—"तू रात में यहीं सोता है?"

लड़के ने सिर हिलाया—"हां, बापू।"

रात को ओढ़ता क्या है तू?"

लड़के ने अपनी फटी सूती चादर दिखला दी। गांधीजी तत्काल अपनी झोपड़ी में लौट आए। बा की दो पुरानी साड़ियां लीं, पुराने अखबार तथा थोड़ी-सी रुई मंगवाई। स्वयं अपने हाथ से रुई धुनी, बा की सहायता से साड़ियों का खोल सी डाला और अखबार के मोटे कागज़ व रुई भरकर कुछेक घंटों में ही गुदड़ी तैयार कर दी गई। गोशाला के उस गरीब लड़के को बुलाकर गांधीजी ने गुदड़ी दे दी।

दूसरे दिन सुबह गांधीजी फिर गोशाला में गए। लड़का दौड़ा हुआ। आया—"बापू! रात मुझे बहुत मीठी नींद आई!"

बापू मुस्कराए—"सच? तब तो मैं भी इसी तरह की गुदड़ी बनवाकर ओढूंगा।" और, वे महादेव भाई की ओर मुड़े—"देखो तुम अपनी सारी पुरानी धोतियां मुझे दे डालो!"

एक दिन गांधीजी ने यरवदा जेल में अपने एक साथी से कहा—"आज रात मुझे बड़ी देर तक नींद नहीं आई। मैं सोने के लिए गया, तो कमरे की पिछली ओर की जाली से कुछ आवाज आ रही थी। मुड़कर देखा, तो सांप का जैसा सिर दिखाई पड़ा।"

वार्डर बाहर सो रहा था, उसे बुलाना था!"

"सो तो ठीक था, पर उसे बुलाने का मतलब था कि वह दूसरों को बुला लाता और वे सभी मिलकर सांप को मार डालते। इसलिए मैंने सोचा कि सांप को काटना ही हो, तो अन्दर आकर मुझे भले ही काट ले, लेकिन वार्डर को। बुलाना ठीक नहीं। लेकिन बाद में विचार करने लगा कि अन्दर आकर मुझे काटने पर मेरा जो कुछ होना होगा, सो तो होगा ही, पर यदि वह ज़हरीला होगा और बाहर जाकर वार्डर को भी काट लेगा, तो उस बेचारे की मृत्यु हो जाएगी। मैं विचार में पड़ गया कि इस समय मेरा क्या कर्तव्य है।...मेरे मन में यह मंथन चल रहा था कि आकाश में चन्द्रमा कुछ ऊपर चढ़ा और जाली में प्रकाश पड़ने लगा। देखा, तो वह सांप का नहीं कछुए का सिर था। तब मुझे नींद आई।"

साथी ने कहा कि सांप जैसे जहरीले प्राणी को मार डालने में क्या बुराई है?

गांधीजी ने श्रीमद् रामचन्द्र के कथन का उल्लेख किया और कहा कि उन्होंने बताया है कि जिस प्रकार हमें अपनी जान प्यारी है,उसी प्रकार इन प्राणियों को भी अपनी जान प्यारी है। इसलिए सच्ची अहिंसा का अर्थ है कि भले हमें जो होना हो सो हो, पर हम उनकी जान न लें।

सन् १९२३ की बरसात में साबरमती में बाढ़ आई। नदी का पानी तेज़ी से चढ़ता आ रहा था। आश्रमवासियों की जान खतरे में थी। अहमदाबाद से सरदार पटेल ने खबर भेजी कि आश्रम तुरन्त खाली करके सभी लोग शहर में आ जाएं, सवारियां भेजी जा रही हैं।

बापू विचार में पड़ गए। घण्टा बजाकर आश्रमवासियों को प्रार्थना-स्थल पर इकट्टे होने की सूचना दी गई । पानी आश्रम की सीढ़ियों पर चढ़ने लग गया। काल का रौद्र रूप सामने था।

सभी इकड़े हुए। बापू ने कहा-"भगवान के कालरूप का हम सभी दर्शन कर रहे हैं। उनकी लपलपाती जीभ शायद थोड़ी ही देर में हम सभी को समेट लेगी। आश्रम खाली करने की सूचना भी आ गई है। जो शहर जाना चाहें ; जा सकते हैं। पर मैं तो आश्रम के पशु-पक्षियों और जानवरों को छोड़कर यहां से नहीं जाऊंगा।"

सभी आश्रमवासी उनके साथ ही रहे । नदी के पानी का चढ़ाव देखकर सब आनन्द-विभोर हो रहे थे। इसपर एक भाई ने पूछा-"बापू , मौत सामने खड़ी है, पर ये आश्रमवासी तो आनन्दमग्न हैं। ऐसा क्यों ?

बापू ने तुरन्त उत्तर दिया-"भाई, यह तो सामूहिक मृत्यु का आनन्द है।"

संत दादू दयाल

दादू दयाल तब अभी संत नहीं बने थे। एक दिन वे दुकान पर बैठे हिसाब लिखने में मग्न थे। उनके गुरु आकर द्वार पर खड़े हो गए; किन्तु दादू को इसकी सुध तक न हुई। बाहर मूसलाधार पानी बरस रहा था।

अचानक ही दादू की नज़र बाहर की ओर गई। द्वार पर गुरु को खड़ा देखकर वे तुरन्त दौड़कर उनके चरणों से लिपट गए। आंखों में आंसू भरकर बोले—"माफ कर दीजिए गुरुदेव! दुनियादारी के कामों में मैं इतना डूब गया था कि आप आकर दहलीज़ पर खड़े रहे, तो भी मेरा ध्यान उस ओर नहीं गया।" गुरु ने वात्सल्यपूर्वक कहा—"मैं तो थोड़ी देर से खड़ा हूं; परन्तु बेटा, प्रभु तो अनंत काल से तुम्हारे द्वारे खड़ा तुम्हारे बुलावे की बाट जोह रहा है।"

दादू के जीवन की दिशा उसी दिन से बदल गई।

संत तुकाराम

संत तुकाराम ने जब अपना सब कुछ दीन-दुखियों की सेवा में अर्पण कर दिया, तो एक दिन अनशन की नौबत आ गई। पत्नी ने कहा—"बैठे क्या हो, खेत में गन्ने खड़े हैं। एक गट्ठर बांध लाओ। आज का दिन तो निकल ही जाएगा।" तुका महाराज तत्काल खेत में पहुंचे और गन्नों का एक गट्ठर बांध घर की तरफ चले। रास्ते में मांगने वाले पीछे पड़ गए। एक-एक निकाल-निकाल सबको दे दिया। जब घर पहुंचे, तो उनके पास केवल एक गन्ना बचा था।

पत्नी बेहद भूखी थी। जब उसने महाराज के हाथ में एक ही गन्ना देखा, तो आगबबूला हो गई। तुकारामजी के हाथ से गन्ना छुड़ाकर उसने उन्हें मारना शुरू कर दिया। मारते-मारते जब गन्ना टूट गया, तो उसका क्रोध थमा। तुका महाराज मौन मार खाते रहे; किन्तु जब गन्ने के दो टुकड़े हो गए, तो हंसते हुए बोले—"देख तेरे क्रोध से यह काम अच्छा हो गया। गन्ने के दो टुकड़े हो गए। एक तू चूस ले, एक मैं चूस लूंगा।"

क्रोध के प्रचंड दावानल के सामने क्षमा और प्रेम के अगाध-अनंत समुद्र

को देख, तुकाराम की पत्नी ने पश्चात्ताप में अपना सिर पीट लिया। महाराज ने अपनी पगड़ी के पल्ले से उसके आंसू पोंछे और छीलकर सारा गन्ना उसे खिला। दिया।

संत एकनाथ

एक बहुत बड़े संत थे—एकनाथ। सबसे प्यार से बोलते थे और जिसकी जो भी भलाई कर सकते, अवश्य करते थे। उनका एक नियम था रोज़ सुबह गोदावरी-स्नान का।

नदी के किनारे ही दुष्ट और ओछी मनोवृत्ति का एक आदमी रहा करता था। धर्म में एकनाथ की इतनी श्रद्धा देखकर वह चिढ़ने लगा। एक दिन जब एकनाथ स्नान करके लौटने लगे, तो उसने उनपर कुल्ला कर दिया। एकनाथ मुस्कराए और फिर तो रोज़ का नियम-सा बन गया कि जब एकनाथ स्नान करके लौटते, वह उन पर कुल्ला कर देता और संत एकनाथ मुस्कराकर पुनः स्नान कर आते। पर एक दिन तो उसने हद कर दी। उसने १०७ बार संत पर कुल्ला किया और हर बार वे मुस्कराकर स्नान कर आए। अंत में १०८ वीं बार कुल्ला करने पर भी संत एकनाथ मुस्कराते रहे, तो उसे अपने-आप पर बड़ी शर्म आई और एकनाथ के चरणों पर गिर पड़ा। उन्होंने उसे उठाकर गले लगा लिया और मुस्कराते हुए बोले—"भैया, तुम तो बहुत अच्छे आदमी हो। तुम्हारे कारण रोज़ मुझे दो बार गोदावरी-स्नान का पुण्य मिलता था और आज तो १०८ बार मिला।"

स्वामी रामानंद

एक यवन राजा, स्वामी रामानंद के पास कई दिन आता रहा—वह बड़ी उलझन में था कि प्रायश्चित से मन:शुद्धि कैसे हो जाती है! स्वामीजी एक दिन उसे नदी के किनारे ले गए, जिसका पानी सड़ गया था। राजा को पानी दिखाते हुए स्वामी जी बोले—"राजन् जानते हो यह पानी क्यों सड़ गया?" राजा ने उत्तर दिया—"इसे कौन नहीं जानता गुरुदेव कि प्रवाह रुकने से पानी सड़ जाता है।"

स्वामीजी ने स्पष्टीकरण किया—"तो इतना भी जानो राजन् कि पाप से जब हमारे प्रवाह रुक जाते हैं तो प्रायश्चित वर्षा की बाढ़ बनकर उन्हें गति देता है।"

स्वामी श्रद्धानन्द

घटना ३० मार्च, सन् १९१९ की है। स्वामीजी महाराज महात्मा गांधी द्वारा प्रवर्तित रौल्ट-एक्ट के विरुद्ध सत्याग्रह आन्दोलन का दिल्ली में नेतृत्व कर रहे थे। ३० मार्च को दिल्ली में पूर्ण हड़ताल थी। दिल्ली नगर का एक चक्कर लगाकर वे मध्याह्न १२ बजे अपने निवास-स्थान पर पहुंचे ही थे कि स्टेशन पर गोली चलने का समाचार प्राप्त हुआ। वे तुरन्त स्टेशन पहुंचे और वहां एकत्र तीन-चार सहस्र लोगों को कम्पनी बाग में सभा-स्थल पर ले गए। सभा में लगभग २५ सहस्र की उपस्थिति थी। आप व्याख्यान दे रहे थे कि चांदनी चौक के घण्टाघर पर भी गोली चलने और दस बारह व्यक्तियों के घायल होने का समाचार मिला। उत्तेजित जनता को आपने किसी प्रकार शान्त रखा। मिलिटरी ने आकर एक बार सारी सभा को घेर लिया। फिर चीफ कमिश्नर भी कुछ घुड़सवारों के साथ आए। मशीनगनें भी लाकर लगा दी गईं। स्वामीजी ने चीफ कमिश्नर से स्पष्ट कह दिया कि यदि आपके आदमियों ने लोगों को उत्तेजित किया तो मैं शान्ति-रक्षा का ज़िम्मेदार नहीं हूं, अन्यथा शान्ति भंग न होने देने का सब उत्तरदायित्व मेरे ऊपर है।

सभा से लौटते हुए भयानक उत्तेजना के रोमांचकारी क्षणों में भी जिस प्रकार आपने जनता को शान्त रखा वह आपका ही काम था। चालीस सहस्र का जनसमूह आपके पीछे आ रहा था। घण्टाघर पर गुरखे सिपाही मार्ग से हटकर एक ओर पंक्ति बांधकर खड़े हो गए। लोगों ने समझा कि हमारे लिए रास्ता छोड़ा गया है। परन्तु वहां पहुंचते ही गोली चलाई गई। लोगों में बड़ी बेचैनी और खलबली मच गई। जनता को वहीं शान्त खड़ा रहने का आदेश देकर स्वामीजी शान्त जनता पर गोली दागने का कारण जानने के लिए आगे बढ़े।

तुरन्त दो किरचें आपकी छाती पर बड़े घमण्ड में और धृष्टता के साथ यह कहते हुए तान दी गईं कि—"तुमको छेद देंगे।" एक हाथ से उत्तेजित जनता को शान्त करते हुए और दूसरे से अपनी छाती की ओर संकेत करते हुए उन्होंने कहा—"मैं खड़ा हूं, गोली मारो।"

ऐसी कठिनतर स्थिति में भी उनका साहस अडिग बना रहा।

स्वामी श्रद्धानन्द की उदारता और सहिष्णुता का प्रमाण उस वक्तव्य से मिलता है जो उन्होंने सन् १९२३ में ईद के दिन हिन्दुओं को सम्बोधित करते हुए दिया था—"दिल्ली के हिन्दुओ! तुम्हारा धर्म प्रेम और उदारता की शिक्षा देता है। बकरीद इस बात की परीक्षा है कि तुम कहां तक धर्म को समझते हो। छोटी-मोटी बातों पर अड़ना कायरता है। तुम्हें चाहिए कि गम्भीर रहो और मुसलमान भाइयों की सद्बुद्धि के लिए परमात्मा से प्रार्थना करो।"

ईद के शान्त बीतने पर आपने लिखा था—"इस आदर्श शान्ति के लिए मैं दिल्ली के हिन्दू-मुसलमान दोनों को बधाई देता हूं। ईश्वर करे, राजधानी की यह शीतल वायु सारे देश में फैल जाए।"

१४ श्रावण संवत् १९३६ को क्रान्ति के अग्रदूत, महर्षि दयानन्द बरेली पधारे। मुंशीराम के पिता श्री नानकचन्द्रजी को आदेश मिला कि पण्डित दयानन्द सरस्वती के व्याख्यानों में कोई उपद्रव न हो ऐसा प्रबन्ध करें। प्रबन्ध के लिए वे स्वयं सभा में गए और महर्षि के व्याख्यान से बड़े प्रभावित हुए, साथ ही उन्हें यह भी विश्वास हो गया कि उनके नास्तिक पुत्र की संशय-निवृत्ति उनके सत्संग में हो जाएगी। घर आकर उन्होंने मुंशीराम से कहा—"बेटा मुंशीराम! एक दण्डी संन्यासी आए हैं, बड़े विद्वान और योगिराज हैं। उनकी वक्तृता सुनकर तुम्हारे संशय दूर हो जाएंगे। कल मेरे साथ चलना।"

मुंशीराम व्याख्यान सुनते जाते थे और उनका हृदय महर्षि की ओर आकर्षित होता जाता था, जैसे कि भटके हुए जहाज़ का कप्तान प्रकाशस्तम्भ का प्रकाश पाकर तीव्रता से उधर बढ़ रहा हो। उस दिन व्याख्यान परमात्मा के निज नाम 'ओउम्' पर था। व्याख्यान के सम्बन्ध में मुंशीरामजी (जो बाद में स्वामी श्रद्धानन्द कहलाए) ने लिखा है—"वह पहले दिन का आत्मिक आह्लाद कभी भूल नहीं सकता। नास्तिक रहते हुए भी आत्मिक आह्लाद में निमग्न कर देना ऋषि-आत्मा का ही काम था।"

महात्मा सुकरात

जब सुकरात जेल में विष का प्याला पीकर मरने को ही थे, एक शिष्य ने पूछा—"प्रभो, आपको नहलाकर, कफन ओढ़ाकर फिर कहां दफन करें?" सुकरात यह सुनकर मुस्कराए, बोले—"शिष्यो, अगर तुम मुझे पा सको, तो जहां भी चाहो दफना दो। लेकिन सोचता हूं, तमाम ज़िन्दगी-भर मैं स्वयं अपने-आपको नहीं पा सका, तो तुम मेरी मृत्यु के बाद मुझे कैसे पा सकोगे! मैं इस तरह जिया हूं कि इस अंतिम वक्त में मुझे यही लगता है कि अपने बारे में मुझे बाल-भर भी ज्ञान नहीं है।"

साधु स्वामी

आज सवेरे मैंने एक बच्चे को लट्टू से खेलते देखा। लट्टू कुछ देर तक? गोल-गोल घूमता रहा और फिर गिर गया, जैसे मर चुका हो। मैं अपने-आपसे बोला—क्या आदमी का जीवन लट्टू जैसा ही नहीं है? जिसे हम क्रियाशील या काम कहते हैं, क्या प्रायः वह गोल-गोल घूमने जैसा नहीं है, जो हमें कहीं भी नहीं पहुंचाता! हमारे चारों ओर बेचैनी है—व्यक्तियों के जीवन में भी राष्ट्रों के जीवन में भी। वर्षों की कठोर क्रियाशीलता के पश्चात् एक दिन जैसे निरभ्र आकाश से वज्र गिरा हो, इस तरह मृत्यु का बुलावा आ पहुंचता है और आंखों में आंसू और हृदय में भय लिए हम अज्ञात दूर देश को रवाना हो जाते हैं। सो मुझे चेत जाना है और तुरन्त तैयारी शुरू कर देनी है—अपने घर जाने की तैयारी शुरू कर देनी है। मेरा घर मुझे बुला रहा है।›

मुनि नागसेन

...जब राजा मिलिन्द ने नागसेन से पूछा—"भंते, संसार में क्या ऐसे भी लोग हैं, जो मरणोपरांत जन्म नहीं लेते?"

"हां महाराज! जो अपने कर्मों को उसी संसार में निः सत्त्व कर देते हैं, वे पुनः जन्म नहीं लेते।"

भंते, उपमा देकर स्पष्ट कीजिए।"

"महाराज, जैसे भुना हुआ बीज खेत में नहीं उगता, वैसे ज्ञान की आंच में तपा कर्म भी निः सत्त्व हो जाता है और जन्म नहीं लेता। हमारा मोह ही बार-बार जन्मता है; किन्तु ज्ञानाग्नि में मोह जब भस्म हो जाता है तो कर्म में उगने की क्षमता नहीं रहती।"

रविशंकर महाराज

काठियावाड़ में रविशंकर महाराज ने ठाकुरों से दारू-ताड़ी नहीं पीने की प्रतिज्ञाएं करवाईं, तो एक ठाकुर ने कहा—"महाराज, मैंने दारू छोड़ने की प्रतिज्ञा तो की है; मगर दारू ने मेरी रग-रग पकड़ रखी है।"

महाराज ने कहा—"मुझे अभी काम है। कल आ जाना, बातें होंगी।"

दूसरे दिन सवेरे ठाकुर ने आवाज़ लगाई, तो महाराज ने कहा—"मैं कैसे आऊ, खम्भे ने मुझे पकड़ रखा है।"

ठाकुर अन्दर गए, तो देखा, महाराज के दोनों हाथ खम्भे में सटे हैं। बोले—"हाथ वहां से हटाइए न।"

"यह छोड़े तब तो।"–उत्तर मिला।

कुछ देर बाद महाराज ने खम्भे को छोड़ दिया और पूछा—"ठाकुर, खम्भे ने मुझे पकड़ा था, या मैंने उसे?"

आपने खम्भे को पकड़ा था, खम्भा भला आपको क्या पकड़ेगा!"

फिर दारू को तुम नहीं छोड़ते कि दारू तुम्हें नहीं छोड़ता?" ठाकुर ने उसी क्षण दारू छोड़ने का संकल्प लिया।

कष्ट का अनुभव किए बिना काम करने की कला मेरे पिताजी में थी। पंद्रह-बीस

मील चलना उनके लिए साधारण बात थी। उनकी मृत्यु की घटना आज भी हू-ब-हू मेरे मन में चित्रित है। वे ईसनपुर में अध्यापक थे। वहीं उन्हें प्लेग की। गिल्टी निकल आई। उन्हें लगा कि अब जीवन-यात्रा पूरी होने को आई। घोड़े पर बैठकर नदी तक आए। वहां से घोड़ा लौटा दिया और दर्द होने के बावजूद दोपहर में गठरी लादे पैदल ही घर पहुंचे।

दूसरे ही दिन उन्होंने शरीर त्याग दिया। अन्त समय में मैंने पूछा—"कुछ कहना है?

शांतिपूर्वक उत्तर मिला—"कहना क्या है! कुछ भी गुप्त नहीं है।" और बड़ी निश्चिंतता से उन्होंने शरीर त्याग दिया।

रविशंकर महाराज एक शाम को किसी स्टेशन पर उतरे, तो एक परिचित लड़के से अचानक उनकी मुलाकात हो गई। लड़के के पास लगभग पांच सेर वज़न की दो गठरियां थीं और वह प्लेटफार्म पर खड़ा कुली, कुली!' चिल्ला रहा था। रविशंकर महाराज ने कहा—"तुझसे गठरियां नहीं उठाई जाती हैं, तो ला, मैं ले चलूं।" लड़का शरमाकर खुद गठरियां हाथ में लटकाए चलने लगा।

थोड़ी देर बाद अपनी झेंप दूर करने के लिए लड़के ने दलील दी–"महाराज, आपने बेचारे कुली के चार आने पैसे नाहक मार दिए। ... मेरे पिता काफी पैसे कमाते हैं, इसलिए किसी गरीब को पैसे देने में क्या पाप है?".

"बिना मेहनत कराए ही अगर तू पैसे दे देता, तो काफी पुण्य होता न!" महाराज ने सस्मित कहा।

काका कालेलकर

अंग्रेज़ी शासन का एक दिलचस्प किस्सा सुना था। एक सरकारी संस्था के लिए सरकार ने एक मकान बनवा दिया। बड़े ज़िलाधीश द्वारा मकान का उद्घाटन हुआ। अच्छे-अच्छे भाषण हुए। अन्त में संस्था के संचालक ने ज़िलाधीश के हाथ

में एक अर्ज़ी दे दी। संचालक ने कहा कि जिस मकान का उद्घाटन आपने किया है, उसकी मरम्मत के लिए पैसा मंजूर करने के लिए यह अर्ज़ी है।

ज़िलाधीश ने कहा—"अभी तो मकान तैयार हुआ है। आज ही उसकी मरम्मत की बात क्यों छेड़ रहे हो?" संचालक ने कहा— "सो तो मैं भी जानता हूं। पर इन दिनों सरकारी मकान कंट्रैक्टरों के ज़रिए बनवाए जाते हैं। वे देखते-देखते ही काबिले-मरम्मत हो जाते हैं। ... दूसरे; यदि आज अर्ज़ी दें, तो मंजूरी में चंद साल लग ही जाएंगे। तीसरे,यह अर्जी नीचे से ऊपर भेजूं, तो शायद आप तक पहुंच ही नहीं पाए। आपकी मुलाकात तो और भी दुश्वार। आज अर्जी पर आपके हस्ताक्षर होंगे। अर्ज़ी ऊपर से नीचे भेजी जाएगी। उसे ताक में रखने की किसी की भी हिम्मत नहीं होगी।"

जब मैं हिमालय में था, तब मेरे पड़ोस की एक कुटिया में रहने वाला एक साधक ब्रह्मचारी मुझसे हमेशा कहता था—"तुम्हें मौन का महत्त्व अब तक जंचा नहीं है: सच्चे साधकों को कभी भी मौन का भंग नहीं करना चाहिए।" इस सम्बन्ध में हम दोनों का मतभेद रहा और हमने एक-दूसरे से बोलना बन्द कर दिया।

बाद में लंका से एक दूसरा मौनवादी आया। मैंने उन दोनों का परिचय करा दिया। तब से दोनों साधक बहुधा साथ-साथ दिखाई देते और मौन के माहात्म्य पर दोनों की चर्चा चलती रहती।

उसी समय मैंने समझा कि मौन पर बोलने से मौन का भंग नहीं होता।

तब शांति-निकेतन में गरमी के दिन थे। ऐसे में ठीक दोपहर के समय, मैं रवीन्द्रनाथ से मिलने गया। नमस्कार तथा कुशल-क्षेम के बाद मैंने कहा—बेमौके आकर आपको कष्ट दे रहा हूं।" छूटते ही गुरुदेव ने भी कहा—"आपने भी तो ऐसी धूप में आने की कृपा की है।"

"जी नहीं। धूप तो मुझे भाती है। मुझे धूप में आनन्द ही आता है।"

मेरी बात से रवीन्द्रनाथ जैसे पुलकित हो गए। मुस्कराते हुए सव्यंग्य कहने लगे–"अच्छा! आपको भी धूप में आनन्द आता है? मैं तो, कड़ी धूप होती है, तब लू में आरामकुर्सी लगाकर बैठता हूं और प्रकृति के इस रूप का पूरा मज़ा ले लेता हूं।... मैं तो समझता था कि ऐसा शौकीन मैं अकेला ही हूं।"

मैंने डरते-डरते विनोद किया- ‹रवि› को अपनी ही धूप न भाए, भला यह भी कभी सम्भव है?"

एक बार मैंने गांधीजी से अंहिसा के बारे में तरह-तरह के सवाल पूछे। इसपर वे कुछ नाराज़-से हो गए, और बोले—"मान लिया कि तुम्हें अहिंसा मुझसे प्राप्त हुई; लेकिन तब तुमने उसे अपना लिया, तो वह तुम्हारी हो गई। अब हर बात में, और हर क्षेत्र में मुझसे पूछ-पूछकर अहिंसा के स्वरूप का निर्णय मत करो।

"अहिंसा को जीवन में उतारने का प्रयोग मैं अपनी सारी ज़िन्दगी में कर रहा हूं, और मुझे उसका साक्षात्कार एक ढंग से हो रहा है। जब तुम अपने जीवनानुभव के बल पर अहिंसा के निजी प्रयोग करोगे, तब तुम्हें शायद दूसरा ही दर्शन होगा। अहिंसा है तो एक सार्वभौम जीवन-सिद्धान्त, लेकिन उसके रूप अनेक हो सकते हैं। और वे सब रूप अहिंसा के ही सच्चे स्वरूप माने जाएंगे। सवाल पूछकर मेरी अहिंसा विशेष स्पष्टता से समझ जाओगे, और उसीका प्रचार करोगे, तो वह तुम्हारी अहिंसा नहीं होगी। अहिंसा तो तुमने पूर्ण हृदय से स्वीकार किया है। अब अपने ही ढंग से, अपने जीवन द्वारा अहिंसा की उपासना करो।"

दादा धर्माधिकारी

एक बार आदिवासियों के एक गांव में जाने का प्रसंग आया। मेरे लिए पास की एक झोपड़ी में एक खाट डाल रखी थी। मैंने उसे देखकर पूछा—"यह जगह

तुम्हें कैसे मिली?" उस भोले आदिवासी ने हकीकत कह दी—"मैं इसमें सुअर रखता हूं। मेरे पास और जगह न थी, इसलिए आज आपके लिए इसे साफ कर दिया है।"

अब तो मैं शंकित हो उठा कि कहीं रात में कोई घुस आया तो। मैंने पूछा—"इसमें दरवाज़ा नहीं है?"

वह बोला—"इसमें दरवाज़े की ज़रूरत नहीं है।"

"क्यों? क्या आसपास कोई चोर नहीं है?"

वह बोला—"मैं इतना भाग्यवान कहां कि मेरे घर चोर आए! मेरे पास तो एक ही वस्तु है, और वह है गरीबी, जिसे कोई चुराने वाला नहीं।"

मैंने पूछा—"तो तुम्हें पुलिस-फौज की ज़रूरत नहीं पड़ती होगी?"

उसने उत्तर दिया—"पुलिस और फौज की हमें क्या ज़रूरत?"

पुलिसवाला तुम्हारे यहां कभी नहीं आता?"

"आता है।"

"कब आता है?"

"आपकी घड़ी खो जाए, तो उसे ढूंढने हमारे यहां आता है।"

"पुलिस और फौज किसलिए ठीक है?"

वह बोला—"आपकी अमीरी और हमारी गरीबी को ज़िंदा रखने के लिए; क्योंकि वह इन दोनों की रक्षा करती है।"

सिस्टर निवेदिता

विवाह के पूरे तेरह वर्ष बाद, माता की अनुमति से दक्षिणेश्वर तक पैदल आई अपनी १८ वर्षीया पत्नी को देख परमहंस रामकृष्ण ने कहा—"भगवति, अब तो मैं नारी-मात्र को मातृवत् देखता हूं। मैं तुम्हें भी मातृवत् ही देख रहा हूं।

किंतु, यदि तुम मुझे पुनः गृहस्थ-जीवन के स्वप्नमय जगत् में ले चलना चाहती हो, तो मैं उद्यत हूं।"

शारदादेवी उनके चरणों पर गिर पड़ीं—"देव, मुक्ति को बंधन की ओर खींचकर मैं कौन-सा श्रेय कमाऊंगी? मुझे भी दीक्षित कीजिए। मेरे लिए भी आप गुरु-तुल्य ही हैं।"

तभी से परमहंस ने उन्हें आश्रम में रख लिया और देवी के रूप में उन्हें उपासने लगे।

यादवचंद्र राय

एक दिन मध्यरात्रि को संत अघोरनाथ के पिता यादवचंद्र राय के घर में चोर घुस आए। उन्होंने सभी वस्तुओं को अस्त-व्यस्त कर डाला; किन्तु उन्हें मतलब की वस्तु न मिल पाई। इसी बीच राय महाशय की नींद खुल गई। चोरों के काम में विघ्न न डालते हुए वे अपना हुक्का लेकर चुपचाप बैठ गए। चोर जब निराश होकर लौटने लगे, तो उन्होंने कहा—"भाइयो, आप लोगों को कष्ट बहुत हुआ, किंतु लाभ कुछ नहीं हुआ। अतः जाने से पूर्व थकान तो मिटाते जाइए।" और हुक्का चोरों की ओर बढ़ा दिया। वे सभी पानी-पानी हो गए और उनके चरणों में गिर पड़े।

संत अब्दुल्ला

एक बार सन्त अब्दुल्ला कपड़ा खरीदने के लिए अपने पुत्र के साथ बाज़ार गए। दुकानदार ने कपड़ा दिखाया। उन्होंने कीमत में कुछ कमी चाही, लेकिन वह न माना। दुकानदार का पड़ोसी उन्हें जानता था, कहने लगा–"जानते हो ये कौन हैं? अब्दुल्ला हैं।"

अब्दुल्ला यह सुनते ही उठ खड़े हुए और अपने बेटे का हाथ पकड़ा और कहने लगे- "मियां, चलो! हम यहां कपड़ा पैसों से खरीदने आए हैं। अपनी दीन से नहीं।" और वे कपड़ा लिए बिना चले गए।

स्वामी सत्यदेव परिव्राजक

एक दिन सियेटल (अमरीका) में अखबार बेचने वाले एक छः वर्ष के बालक ने मेरे पास आकर पूछा—"क्या आप अखबार खरीदेंगे?"

मैंने उत्तर दिया—"नहीं; मुझे अखबार नहीं चाहिए।"

"केवल एक सेंट। ज्यादा नहीं।"—बड़े करुण स्वर में वह बोला।

और तब मैंने एक सेंट उसकी ओर बढ़ाते हुए पूछा—"क्या तुम्हारे माता-पिता बहुत गरीब हैं?"

उसने तीक्ष्ण विस्मय के साथ मेरी ओर देखा और पूछा—"क्यों?"

"क्योंकि तुम अखबार बेच रहे हो!"—मैंने जवाब दिया।

"क्षमा कीजिएगा. मेरे माता-पिता काफी सम्पन्न हैं। लेकिन उनकी सम्पत्ति पर निर्भर रहकर मैं अपने को पंगु बनाना नहीं चाहता।" कहकर वह आगे, एक दूसरे सज्जन की ओर बढ़ गया।

शेख सादी

शेख सादी सफर करते हुए एक गांव से गुज़रे। गांव वाले सबके सब जाहिल थे। उनके पीर साहब भी जाहिल थे। शेख सादी को गांव वालों ने हाथोंहाथ लिया और बड़ी खातिर की। पीर साहब यह देखकर घबराए और डरे कि कहीं शेख सादी उनकी गद्दी पर कब्ज़ा ने कर लें। आखिर शेख सादी की जांच करने के लिए पहुंचे और कड़ककर बोले—"तुम बड़े काबिल समझे जाते हो—जरा इस शकल का मतलब बताओ!" शकल क्या थी, सिर्फ एक दायरा था, जिसके बीच एक लकीर खिंची हुई थी। सादी ने बहुत सोचा कि यह 'ज्योमेट्री' की कौन-सी शकल है; मगर चूंकि सवाल पूरा न था, इसलिए जवाब न दे सके।

पीर साहब हंसकर बोले—"बस! इसीपर काबिल बनते हो! भला इस

शकल में क्या धरा है, बाजरे की एक रोटी है, जिसपर तरकारी की एक फांक रखी हुई है।

सादी ने देखा कि पीर साहब ने जाहिल होने पर भी जलील कर दिया। इसलिए बदला लेने के लिए पीर साहब की बड़ाई करते हुए आगे बढ़कर उनकी दाढ़ी में से एक बाल उखाड़कर उन्होंने अपने बाजू पर बांध लिया।

लोगों ने कहा कि यह क्या? सादी ने कहा—"पीर साहब अल्लामा हैं, उनकी दाढ़ी के बाल की बर्कत से हम भी आलिम हो जाएंगे।" सादी की बात खत्म भी न हुई थी कि लोग पीर साहब की दाढ़ी पर टूट पड़े और उनके चिल्लाने पर भी उनकी दाढ़ी का एक-एक बाल नोच लिया।

तेत्सुजेन

बौद्ध सूत्रग्रंथ तब केवल चीनी लिपि में मिलते थे। तेत्सुजेन उन्हें जापानी लिपि में मुद्रित कराना चाहता था। जपानी में ब्लाक बनवाने के लिए काफी धन

आवश्यक था। तेत्सुजेन चंदा एकत्र करता रहा। पर्याप्त धन जुटाने में उसे दस वर्ष लगे। किंतु तभी यूजी नदी में बाढ़ आ गई। तेत्सुजेन ने सारा धन सहायता-कार्य में लगा दिया और फिर से चंदा जुटाने लगा। दस वर्ष और लग गए पर्याप्त धन जुटा पाने में। किंतु तभी महामारी फैली और तेत्सुजेन ने सारा धन सेवा-कार्य में व्यय कर दिया। इस बार उसे पर्याप्त धन जुटा पाने में बीस वर्ष लगे। अंत में ब्लाक बने और सूत्रग्रंथ जापानी में छपे–अत्यंत सुन्दर।

आज भी जापानी गृहस्थ अपने बच्चों को बताया करते हैं कि तेत्सुजेन ने सूत्रग्रंथों के तीन संस्करण बनाए थे—पहले दो संस्करण अदृश्य थे, और अधिक सुन्दर थे।

संत आजर

असार संसार से विरक्त एक व्यक्ति पारसी संत आजर कैवान के पास आया और बोला—"हज़रत, मैंने कसम खाई है कि फानी दुनिया के सारे ऐशो-

इशरत छोड़ दूंगा, इस फंदे को तोड़ दूंगा।" संत ने गंभीर स्वर में कहा—"तुमने ठीक सोचा है।"

वही व्यक्ति कुछ दिन बाद संत के पास आया और कहने लगा, "मैं अभी गुदड़ी और फकीरी पोशाक बनवा रहा हूं। सारे सामान तैयार होते ही मैं फकीर हो जाऊंगा।" संत ज़ोर से हंस पड़े–"भाई, सरोसामान छोड़ने के लिए ही कोई दरवेश होता है, और तू उसी को जुटाने के लिए परेशान है! अपनी दुनिया में लौट जा। तू अभी फकीरी के काबिल नहीं है।"

आचार्य बान्केई

जैन आचार्य बान्केई के प्रवचनों को सुनने के लिए श्रद्धालुओं और जिज्ञासुओं का उमड़ना देखकर अन्य संप्रदाय के एक पुजारी को बड़ी ईर्ष्या अनुभव होती थी। एक दिन वह बान्केई को शास्त्रार्थ के लिए ललकारने की ठानकर मंदिर में आ पहुंचा और बान्केई से बोला- "हमारे संप्रदाय के प्रवर्तक में ऐसी दिव्य और चमत्कारी शक्ति थी कि नदी के तट पर तूलिका लेकर खड़े होते थे और उनका शिष्य दूसरे तट पर कागज लेकर खड़ा होता था। हमारे गुरु हवा में तूलिका से अमिदा (भगवान अमिताभ) का नाम लिखते थे और वह कागज़ पर अंकित हो जाता था। क्या तुम कोई ऐसा चमत्कार दिखा सकते हो?"

बान्केई मुस्कराए और बोले—" नहीं भाई, आपके गुरुजी जैसा करामाती तो मैं नहीं हूं। मेरा चमत्कार तो यह है कि मैं भूख लगने पर खाना खा लेता हूं, प्यास लगने पर पानी पी लेता हूं।"

जोशुआ लेबमेन

जोशुआ लेबमेन जब युवा थे, तो जीवन में क्या-क्या प्राप्त करना है, इस - संबंध में अनेक सुख-स्वप्न देखा करते थे। एक दिन उन्होंने अपने लक्ष्यों और उद्देश्यों की एक संक्षिप्त-सी सूची बनाई। उन्होंने उस सूची में जीवन में उन्हें जो-जो उपलब्धियां प्राप्त करनी थीं, उन सबको इस क्रम से लिखा-स्वास्थ्य, सुयश, शक्ति और संपत्ति। और वे सूची के ही अनुसार लक्ष्य-प्राप्ति के लिए प्रयत्नरत हो गए।

परन्तु विशेष प्रगति न होते देख एक दिन एक वृद्ध के पास पहुंचे और वह सूची वृद्ध के हाथों में थमाते हुए बोले—क्या इन सब बातों को प्राप्त करने पर जीवन की समस्त उपलब्धियां नहीं प्राप्त हो जाएंगी?"

यह सुनकर उस वृद्ध की आंखों में हंसी का भाव तैरने लगा। एक क्षण जोशुआ के चेहरे पर नज़र दौड़ाने के बाद उन्होंने बड़ी आत्मीयता के साथ कहा—"वत्स, बहुत सुन्दर सूची है, बहुत परिश्रम से तुमने इसे बनाया है, किंतु सबसे महत्त्वपूर्ण बात शामिल करना तो तुम भूल ही गए, जिसके अभाव में शेष निरर्थक हो जाता है लेकिन इस तत्त्व का साक्षात्कार विचार मात्र से संभव नहीं, उसके लिए तो भोगा हुआ सत्य चाहिए।"

"वह तत्त्व क्या है?" जिज्ञासा से जोशुआ ने प्रश्न किया—"तो क्या मेरी सूची अपूर्ण है?" इतना सुनते ही वृद्ध ने जोशुआ की सूची को बड़ी निर्ममता से काट दिया और उसी कागज़ के एक कोने पर तीन शब्द लिखकर जोशुआ को दे दिया। वे शब्द थे—मन की शांति।

राबिया

राबिया बसरी कई संतों के संग बैठी बातें कर रही थीं। तभी हसन बसरी वहां आ पहुंचे और बोले—"चलिए, झील के पानी पर बैठकर हम दोनों अध्यात्म चर्चा करें।" हसन के बारे में प्रसिद्ध था कि उन्हें पानी पर चलने की सिद्धि प्राप्त है।

राबिया ताड़ गई कि हसन उसीका प्रदर्शन करना चाहते हैं। बोलीं—"भैया, यदि दोनों आसमान में उड़ते-उड़ते बातें करें तो कैसा रहे?" (राबिया के बारे में भी प्रसिद्ध था कि वे हवा में उड़ सकती हैं।) फिर गंभीर होकर बोलीं—"भैया, जो तुम कर सकते हो,वह हर एक मछली करती है; और जो मैं कर सकती हूं, वह हर मक्खी करती है। सत्य करिश्मेबाज़ी से बहुत ऊपर है। उसे विनम्र होकर खोजना पड़ता है।"

त्जेकुंग

एक बार त्जेकुंग ने महात्मा कन्फ्यूशियस से पूछा—"सुचारु राज्य-संचालन के लिए किन-किन वस्तुओं की आवश्यकता है?"

कन्फ्यूशियस ने उत्तर दिया—"पर्याप्त अन्न, पर्याप्त फौज और राजा के प्रति प्रजा में विश्वास!"

त्जेकुंग ने पूछा—"यदि ये तीनों वस्तुएं एकसाथ प्राप्य न हो सकें, जो इनमें से पहले किस वस्तु को छोड़ा जा सकता है?"

कन्फ्यूशियस ने कहा—"फौज।"

त्जेकुंग ने फिर पूछा—"और भगवन्! बाकी दो वस्तुओं में से भी यदि एक का परित्याग करना पड़े, तो किसे छोड़ा जा सका है?"

कन्फ्यूशियस ने कहा—"अन्न! अनंत काल से मनुष्य मृत्यु के मुख में तो आता ही गया है; लेकिन जिस राजा में प्रजा का विश्वास न हो, उसका राज्य कभी टिक नहीं सकता।"

दीनबन्धु एंड्रूज़

स्वर्गीय दीनबंधु एंड्रूज़ बड़े ही उदारमना थे। गरीबों की सेवा ही वे सबसे बड़ा धर्म मानते थे। एक बार शिमला जाने के लिए उनके मित्र ने उन्हें डेढ़ सौ रुपये दिए। एंड्रूज़ स्टेशन पर पहुंचे ही थे कि एक प्रवासी भारतीय से भेंट हो गई। उसने अपनी विपत्तियों की करुण कहानी सुनाते हुए कहा—"मैं आपकी ही तलाश में आया था। बाल-बच्चों के भूखे मरने की नौबत आ गई है।"

एंड्रूज़ महोदय का दिल करुणा से ओत-प्रोत ही गया। झट उन्होंने डेढ़ सौ रुपये उसे दे दिए और ज़रूरत पड़ने पर पत्र लिखने की भी सलाह दी।

अगले दिन, जब उनके मित्र को सारी कहानी मालूम हुई, तो वे स्वयं स्टेशन आए और टिकट खरीदकर एंड्रूज़ महोदय को गाड़ी में बिठाने के बाद घर लौटे।

डायोजिनीज़

यूनान का एक प्रसिद्ध तत्त्ववेत्ता डायोजिनीज़, जोकि सुकरात का चेला था, अपना जीवन एक मांद में ही बिता लेता था। वह अपने रहने के लिए घर बनाना आवश्यक नहीं समझता था।

एक बार किसी यवक ने उसे देर तक एक पत्थर की मर्ति से भीख मांगते देखा। उस युवक ने पूछा—"डायोजिनीज़! भला पत्थर की मूर्ति से तुम क्यों भीख मांगते हो? क्या वह तुमको भीख दे देगी?" डायोजिनीज़ ने उत्तर दिया—"मैं इस मूर्ति से भीख मांग कर किसी पुरुष के भीख न देने पर शांतचित्त रहने का अभ्यास कर रहा हूं।"

बहलूल

एक बार बरसात ज्यादा हुई। सारे कब्रिस्तान की मिट्टी कट कर बह गई, मुर्दों की हड्डी और खोपड़ियां नंगी नज़र आने लगीं। बहलूल कुछ खोपड़ियां सामने रखे उनमें कुछ तलाश कर रहे थे।

संयोग से बादशाह की सवारी भी उधर आ निकली। बहलूल को यह अजीब हरकत करते देखा, तो बोले—"बहलूल! भला इन मुर्दा खोपड़ियों में क्या तलाश कर रहे हो?"

बहलूल बोले–"बादशाह सलामत! मेरे और आपके दोनों के बाप बुज़ुर्गवार इस दुनिया से जा चुके हैं। मैं इन खोपड़ियों में ढूंढ रहा हूं, मेरे बाप की खोपड़ी कौन-सी है, और आपके अब्बा हुज़ूर की कौन-सी।" बादशाह कहने लगे–" बहलूल! क्या नादानों की सी बातें करते हो! कहीं मुर्दा खोपड़ियों में भी कुछ फर्क हुआ करता है जो तुम उन्हें पहचान लोगे!"

बहलूल बोले—"तो फिर हुजूर! चार दिन की झूठी नमद के लिए बड़े लोग मगरूर होकर गरीबों को क्यों हकीर समझते है?" बादशाह शर्मिंदा हुए और उन्होंने उस दिन से अपने बरताव में नरमी अख्तियार कर ली।

3

लेखक-कलाकार (भारतीय)

माघ कवि

संस्कृत के महाकवि माघ एक दिन घर बैठे अपने काव्य का नवम सर्ग लिख रहे थे, तभी अवंतिका से एक दरिद्र ब्राह्मण ने आकर अपनी कन्या के विवाह के लिए उनसे आर्थिक सहायता की याचना की। कविवर स्वयं आर्थिक कष्ट में थे। फिर भी उन्होंने चारों ओर दृष्टि दौड़ाई ,घर में भी कोई मूल्यवान वस्तु शेष नहीं थी। एक खाट पर उनकी पत्नी पड़ी सो रही थी। उसके हाथ में स्वर्णकंकण थे। माघ ने चुपचाप उसके एक हाथ का आभूषण निकाल लिया और चलने ही वाले थे कि इतने में स्त्री की आंख खुल गई। उसे सारी स्थिति समझते देर नहीं लगी और उसने दूसरे हाथ का कंकण भी निकालकर देते हुए अपने पति से कहास्वामी, निर्धन ब्राह्मण का काम एक से नहीं चलेगा, इसलिए इसे भी सहर्ष दे दीजिए।"

रवीन्द्रनाथ ठाकुर

कविश्री रवीन्द्रनाथ ठाकुर सांप्रदायिक एकता के कट्टर समर्थक थे। परन्तु दुर्भाग्यवश कलकत्ते में जिन दिनों सांप्रदायिक तनातनी फैली हुई थी, उन्हीं दिनों 'रक्षा-बन्धन› का पर्व आ गया। वे साथियों के साथ गंगा-स्नान करने गए। लौटते समय सबको राखी बांधते हुए आने लगे। रास्ते में कुछ मुसलमान सईसों को देखा। वे उनके निकट गए और राखी बांधी। अपने साथियों की कल्पना के विपरीत सारे सईस बिगड़ने के बजाय कवि से गले मिले। उसके बाद रवि बाबू ने चित्तपुर की बड़ी मस्जिद में जाकर मौलवियों को राखी बांधने की इच्छा प्रकट की। लोगों को अब दंगा होने में कोई संदेह नहीं रहा। उनके अनेक साथी इधर-उधर खिसक गए। परन्तु कवि ने सभी मौलवियों को राखी बांधी और मौलवियों ने उनके पैर छुए।

एक दिन गुरुदेव प्रात: टहलने निकल पड़े। साथ में उनका प्रिय शिष्य अभय भी चल दिया। मार्ग में यत्र-तत्र कांटे व कंकड़ पड़े थे; किन्तु दोनों निश्चित भाव से नंगे पांव चले जा रहे थे। गुरुदेव जब कुछ परिश्रांत हुए तो एक ऊंचे टीले पर चढे और प्रसन्नचित्त बैठ गए। अभय ने उनसे कहा—"आज मुझे नींद नहीं आई। मैं बहुत दु:खी हूं, कुछ भी तो समझ में नहीं आता कि क्या करूं।"

गुरुदेव ने प्रश्न किया—"तुम्हारे दु:ख का क्या कारण है?" शिष्य ने व्याकुल होकर निवेदन किया- "गुरुदेव, जब एक समय ऐसा आएगा कि सभी आत्माओं को इस जीवन-मरण से छुटकारा मिल जाएगा, तब क्या होगा?"

प्रश्न सुनकर गुरुदेव कुछ गम्भीर हो गए, बोले—"वत्स, तुम्हारा प्रश्न भविष्य से संबंध रखता है; और भविष्य अनादि है, अक्षय है। वह रहस्यपूर्ण है। यह संसार बड़ा विशाल है। इसकी गति का कोष अपार है। इसका न आदि है न अन्त। यह पूर्ण है। परिवर्तन ही इसका प्रमुख गुण है। एक दिन ऐसा अवश्य आएगा› इस संभावना में भ्रम है, अज्ञान है। संतोष ही हमारे मन का बल है, मूल आश्रय है, जो हमारी इंद्रियों की पूर्ण रक्षा करता है। हम वर्तमान में सन्तोष प्राप्त करें। बाकी सब कुछ तो रहस्य है।"

बात सन् १९३९ की है। कविवर रवीन्द्रनाथ का स्वास्थ्य ठीक नहीं था और डाक्टरों ने उन्हें पूर्ण आराम करने की सलाह दी थी; फिर भी कविवर अपना कार्य प्रतिदिन के नियमानुसार करते जाते थे। अन्त में, शांतिनिकेतन के कुछ लोगों ने बापू को तार देकर बुलाया। गांधीजी तुरन्त चले आए और गुरुदेव से मिलते ही बोले, "गुरुदेव, मुझे एक भिक्षा दीजिए।"

रवीन्द्र बोले— "जो स्वयं भिखारी हो, वह क्या भीख दे?"

पर गांधीजी अपनी बात के पक्के थे। उन्होंने उनसे वचन ले लिया और तब कहा—"भोजनोपरांत एक घण्टे तक आपको पूर्ण आराम लेना होगा।"

रवीन्द्रनाथ को अपनी शर्त के अनुसार यह बात माननी पड़ी।

कुछ दिन बाद, आचार्य क्षितिमोहन सेन भोजन के बाद ही, रवीन्द्रनाथ से मिलने आए; पर वे तो सारे दरवाजे बन्द करके भीतर कमरे में बैठे थे। दरवाजे की दरार से आ रहे प्रकाश में होने वाली हलचल से रवीन्द्रनाथ आगंतुक को पहचान गए और पूछा, "ठाकुर दादा हैं क्या?"

हां, पर आप अन्दर क्या कर रहे हैं?"

रवीन्द्रनाथ ने उत्तर दिया— "गांधीजी को भिक्षा दे रहा हूं।"

गुरुदेव पद्मा नदी के किनारे सिलैदहा में अपनी जमींदारी में रहा करते थे। एक बार कुछ दिनों के लिए एक वैष्णव स्त्री,जिसको वहां के लोग पागल करके जानते थे, उनके दुमंजिले मकान के सामने आकर खड़ी होती और बगैर कुछ कहे-सुने वापस चली जाती। एक दिन जब वह ऐसे ही आकर खड़ी हुई, तब गुरुदेव अपने कमरे की एक खिड़की के पास खड़े थे। उनको देखकर उस वैष्णवी ने कहा—"ठाकुर, अपने दुमंजिले से तुम कब नीचे उतरोगे?" मालूम नहीं गुरुदेव को क्या हुआ कि वे नीचे उतर आए और उसको प्रणाम करके बड़े आदर और प्रेम से उसके चरणों के समीप बैठ गए। वैष्णवी उनकी तरफ कुछ समय तक देखती

रही और फिर वापस चली गई। उस दिन के बाद उस वैष्णवी की जब कभी इच्छा होती, वह गुरुदेव से मिलने, उनके दुमंजिले पर बेरोक-टोक चली जाती।

वैष्णवी से उस परिचय का प्रभाव सिर्फ उनके जीवन पर ही नहीं, उनकी कविताओं और गीतों पर भी हुआ।...कहना चाहिए, उस वैष्णवी के मिलने से पहले गुरुदेव एक पर्वत की ऊंची चोटी पर अकेले रहा करते थे। अब वे समतल पर उतर आए।

—गुरुदयाल मल्लिक, 'संस्मरणों में

बंगाल के एक छोटे गांव में एक दिन एक जोगिन मुझसे मिलने आई। गांववालों ने उसका नाम 'सर्वखेपी' (पूरी तरह पगली) रख छोड़ा था। उसने अपनी सितारों जैसी आंखें मेरे चेहरे पर गड़ा दीं और एक सवाल से मुझे चौंका दिया–"तुम पेड़-तले मुझसे मिलने कब आओगे?" स्पष्ट ही उसे मुझ पर तरस आ रहा था कि मैं चहारदीवारी में कैद हूं और पेड़-तले की उस सर्वमिलन-स्थली से निष्कासित हूं।

इतने में मेरा माली डलिया लेकर कमरे में आया और 'सर्वखेपी' भांप गई कि मेरी मेज़ पर रखे फूलदान के पुराने फूल फेंककर उनकी जगह ताज़े फूल लगाए जाएंगे। उसने बड़ी दर्द-भरी आंखों से मुझे देखा और बोली—"बस, तुम तो पढ़ने-लिखने में लगे रहते हो, देखते कुछ नहीं!" और उसने फेंके हुए फूलों को हाथों में लेकर चूमा व माथे से लगाया और बुदबुदाई—"ओह, मेरे प्राण-प्यारे!" मुझे अनुभव हुआ कि प्रत्येक वस्तु में अनन्त सत्ता का साक्षात्कार करने वाली यह नारी भारत की आत्मा की सच्ची प्रतिनिधि है।

निराला

एक बार एक सज्जन ने निरालाजी से पूछा—"पहले आप लखनऊ में रहते थे, अब इलाहाबाद में क्यों?" निरालाजी ने उत्तर दिया—"लखनऊ में कर्म के लिए रहता था, अब इलाहाबाद में धर्म के लिए रहता हूं।"

–केदार उपाध्याय

प्रेमचन्द

प्रेमचन्दजी बड़े हंसमुख और ज़िंदादिल व्यक्ति थे। यही नहीं, उनकी हंसी भी बड़ी संक्रामक होती थी। उनके सम्पर्क में रहने वाला कोई भी व्यक्ति म्लानमुख नहीं रह सकता था। एक बार प्रयाग विश्वविद्यालय की साहित्य-परिषद् द्वारा वे अध्यक्ष-पद के लिए बुलाए गए। आने के साथ ही उन्होंने सर्वत्र उन्मुक्त हास्य बिखेर दिया—कहकहे बरसने लगे। तभी एक छात्र ने उनसे पूछा—"आपकी सबसे बड़ी अभिलाषा क्या है?" हंसी के ठहाकों के बीच ही प्रेमचन्दजी बोले—"मेरी सबसे बड़ी अभिलाषा यही है कि भगवान मुझे सदैव मनहूसों से बचाए रखें। मनहूसियत से मेरा दम घुटने लगता है।"

प्रेमचन्दजी जब चाहते, तब लिख सकते थे। उन्हें किसी बाहरी उपकरण की आवश्यकता नहीं थी। उनसे एक बार बातों ही बातों में पूछ बैठा—"मुंशीजी, आप कैसे कागज़ पर और कैसे 'पेन' से लिखते हैं?"

बहुत ज़ोर से हंसे और तब बोले—"ऐसे कागज़ पर जनाब, जिसपर पहले से कुछ न लिखा हो और ऐसे 'पेन' से जिसका निब न टूटा हो!"... फिर ज़रा गम्भीर होकर बोले—"भाई जान! ये सब 'चोंचले' हम जैसे कलम के मज़दूरों के लिए नहीं हैं।"

-कन्हैयालाल मिश्र 'प्रभाकर'

उत्तरप्रदेश के गवर्नर सर माल्कम हेली ने जब सुप्रसिद्ध उपन्यासकार प्रेमचन्द को संदेश भिजवाया कि वे उन्हें रायसाहब› का खिताब देना चाहते हैं, तो वे चिंतित हो गए। उनकी पत्नी ने कारण पूछा तो बोले–"गवर्नर मुझे 'रायसाहब› का खिताब देना चाहता है।"

तो इसमें चिंता कैसी? ले लीजिए। ... लेकिन सिर्फ खिताब ही देगा कि और कुछ भी?" पत्नी ने पूछा।

"इशारा 'कुछ और' के लिए भी है।"

"तो फिर ले लीजिए। इतना सोच क्या रहे हैं?"

"लेकिन तब मैं जनता का आदमी न रहकर 'पिट्ठू' बन जाऊंगा।"

" 'पिट्ठू'?" प्रश्न हुआ।

"वैसा ही, जैसे और लोग हैं। अभी तक तो मैंने जनता के लिए लिखा है; पर रायसाहब› बनने के बाद सरकार के लिए लिखना पड़ेगा।"

"ऐसा?... फिर गवर्नर को क्या जवाब दीजिएगा?"

पत्नी की सहमति पाकर प्रेमचन्द खिल उठे; बोले—"ऊंह, लिख दूंगा'जनता की रायसाहबी ले सकता हूं—सरकार की नहीं'।"

माखनलाल चतुर्वेदी

क्या इस जीवन से भी बढ़कर 'क्षणे क्षणे यन्नवतामुपैति...' नाम की कोई वस्तु है? एक बार क्रांति के बीहड़ दिनों में होशंगाबाद के नर्मदा घाट से बुधनी गांव होकर कोई सत्रह मील विंध्य के जंगलों में, एक पहाड़ी नाले के किनारे बबूल के दरख्त के नीचे मैं लेटा था। मन में कुछ ध्रुपद-सा उठ रहा था। मैं तालियां बजाकर उसे गुनगुना रहा था। दाईं तरफ ऊंचे उठे आकाश से बातें करता पहाड़ और रास्ता न देने वाले घने जंगल, और मैंने ज़रा बायें देखा, एक बहुत बड़ा गड्ढा। उसमें एक गुलबांस फूल रहा था और एक नाग-नागिन का जोड़ा आपस में खिलवाड़ कर रहा था। झरने के रूप में जीवन और नागों के रूप में मरण गुलबांस के फूलों के पास कितने पास-पास बैठे थे! मैं धूपद की चौकडी भूल गया। मन में यही बोला—'संपूर्ण जीवन को कितने सुन्दर रूप में यहां आकर देखा है।' खतरों पर जो खेल न सके, वह भी क्या कोई सौंदर्य है?

आचार्य महावीरप्रसाद द्विवेदी

एक बार आचार्य महावीरप्रसाद द्विवेदी अपने खेतों को देख कर गांव वापस आ रहे थे कि उन्हें एक चीख़ सुनाई पड़ी। एक पासी (अछूत) की स्त्री को सांप ने काट खाया था।

द्विवेदीजी दौड़कर उसके पास पहुंचे। अन्य कुछ न पाकर उन्होंने अपना जनेऊ तोड़ा और जिस स्थान पर सांप ने काटा था, उससे थोड़ा ऊपर कसकर बांध दिया। फिर चाकू लेकर काटे हुए स्थान को चीरा तथा दूषित रक्त बाहर निकाला।

स्त्री की जान बच गई। अब तक गांव के काफी लोग इकड़े हो गए थे। गांव के पंडितों ने देखा, तो स्तब्ध रह गए। आपस में ही क्रुद्ध हो बोले—"धर्म की नाव आज डूब गई! देखो तो, इस महावीर को, ब्राह्मण होकर जनेऊ जैसी पवित्र वस्तु को एक अछूत स्त्री के पैर से छुआ दिया!"

हज़ारीप्रसाद द्विवेदी

आचार्य हज़ारीप्रसाद द्विवेदी एक सम्मेलन में बड़े सुन्दर ढंग से अपना लेख वाचन करने उठे, तो बच्चों की भांति हंसते हुए कहने लगे–"मेरा यह ४० पृष्ठों का टंकित लेख आप सबको आतंकित करने के लिए पर्याप्त है। अतः सुविधा के लिए इसके मैंने तीन भाग किए हैं—आरम्भ, गप्प और उपसंहार।" सभी हंसते-हंसते लोट-पोट हो गए। उसी भाषण में से ये वाक्य मुझे याद आ रहे हैं—"पसीना सुन्दर लिखना सिखाता है, पसीना पवित्र होता है, पावक होता है, बहाया व्यर्थ नहीं जाता।"

-स्वरूपनारायण

पांडेय बेचन शर्मा 'उग्र'

'मतवाला' के संचालक श्री महादेवप्रसाद सेठ थे, जिनकी मुख्य लत थी गुणियों पर आशिक होना। मुंशी नवजादिकलाल, ईश्वरीप्रसाद शर्मा, शिवपूजन सहाय, सूर्यकांत त्रिपाठी 'निराला', पांडेय बेचन शर्मा 'उग्र› आदि में, जिसमें जो भी खूबियां थीं, उन्हें खूब ही सहृदयता से परख, खूब ही प्रेम से पूजा महादेव सेठ ने।

महादेव बाबू से मेरी पहली शर्त यह थी, कहिए अनुबन्ध, कि वे पच्चीस रुपये माहवारी मेरे घर भेजेंगे और स्वयं जो खाएंगे, मुझे भी वही खिलाएंगे। दूसरे दिन दोपहर में जब सेठजी अंगूर खाने बैठे, तब ईमानदारी से अपने अंश के आधे

अंगूर उन्होंने मेरे सामने पेश किए। इसपर माशूकाना अदा से मैंने कहा—"यह गलत है!"

"गलत क्या महाराज?" विस्मित हो पूछा प्रेमी प्रकाशक ने। मैंने कहा"मेरी-आपकी यह शर्त नहीं थी कि मैं आपकी खुराक आधी कर दूं। शर्त है कि जो आप खाएं,वही मैं भी खाऊं। आप रोज आधा पाव अंगूर खाते हैं, तो आधा ही पाव मेरे लिए भी मंगाया करें।" मेरे इस उत्तर पर महादेवप्रसाद थे से कुर्बान!

आचार्य रामचन्द्र शुक्ल

आचार्य रामचन्द्र शुक्ल की मितभाषिता प्रसिद्ध थी। एक बार उनके एक शिष्य ने दूसरे शिष्य से शर्त लगाई कि वह आचार्यजी से एक बार में पांच या उससे अधिक शब्द कहलवा देगा। आचार्यजी के पास पहुंचकर कुछ बेधड़क बनने का प्रयास करते हुए वह बोला—"बाबूजी, मैंने इससे शर्त लगाई है कि मैं एक बार में कम से कम पांच शब्द आपसे कहलवा दूंगा।"

तुम हार गए।" शुक्लजी ने उत्तर दिया।

जयशंकर प्रसाद

प्रसादजी अपने नाटक 'चन्द्रगुप्त का प्रयोग देखने पधारे थे। नाटक की समाप्ति के बाद किसी ने उनसे पूछा—"कहिए, कैसा रहा नाटक?"

प्रसादजी ने उत्तर दिया—"नाटक तो सफल रहा, परन्तु दर्शक असफल हो गए।"

शिवमंगलसिंह 'सुमन'

हिन्दी के प्रसिद्ध कवि डा. शिवमंगलसिंह 'सुमन' अपनी थीसिस के अध्ययन के लिए शांति निकेतन गए हुए थे। जब उन्होंने अपना अध्ययन समाप्त कर लिया, तो वहां से प्रस्थान करने से पूर्व वे संस्था के आचार्य स्वर्गीय श्री क्षितिमोहन सेन के चरण छूने गए।

आचार्यजी ने उन्हें देखा और गम्भीर होकर बोले—"तुम जीवन में कभी सफल मत बनना।" आचार्यजी के वचन सुनकर सुमनजी हतप्रभ हो गए। सोचने लगे, आखिर उनसे ऐसी क्या गलती हो गई, जिससे आचार्यजी रुष्ट हो गए। उन्होंने साहस करके पूछ ही लिया। आचार्यजी कहने लगे—"भाई, सफल तो हजारों होते हैं। प्रत्येक वर्ष लाखों व्यक्तियों की सफलता के समाचार छपते हैं। लेकिन उनमें से सार्थक कोई बिरला ही हो पाता है। अतः मैं चाहता हूं कि तुम जीवन में सार्थक बनो।"

ए. सी. बनर्जी

एक बार प्रयाग विश्वविद्यालय के दर्शन-शास्त्र के प्रोफेसर श्री ए.सी.बनर्जी तत्कालीन वाइस-चांसलर श्री अमरनाथ झा के साथ किसी सम्मेलन में भाग लेने के लिए बाहर जा रहे थे। गाड़ी छूटने में प्रायः आधे घण्टे की देर थी। टिकट पहले ही आ चुका था।

बनर्जी महाशय एकाएक व्यग्र हो उठे। उनका मनोबैग नहीं दीख रहा था। उन्होंने अपना सूटकेस ढूंढ़ लेने के बाद अपने नौकर को बंगले पर मनीबैग की खोज में भेजा। इसी समय डाक्टर झा की दृष्टि उनके हाथ पर पड़ी। उन्होंने बनर्जी महाशय से कहा—"भाई साहब, आपके हाथ में यह क्या है? देखें तो!" अपने हाथ में ही मनीबैग देखकर प्रोफेसर साहब लज्जित हो गए और बोले—"डाक्टर साहब, मैं समझ रहा था कि मेरे हाथ में वही पुस्तक है जिसे मैं अभी बंगले पर पढ़ रहा था।"

आर. के. नारायण

चंद साल पहले न्यूयार्क में भारतीय पर्यटन-कार्यालय के निर्देशक ने मुझसे लपककर हाथ मिलाया और कहा—"मैंने सुना है, आपने 'द गाइड› लिखा है। अजीब बात है कि आज तक यह किताब मेरी नज़र में नहीं आई। उसमें सारा भारत 'कवर' किया गया है, या उसका कुछ ही हिस्सा?"

मैं बोला—"मैंने सब कुछ समेटने की कोशिश की है, हालांकि ज्यादा जोर मालगुडी पर है।" बोले—"वह भारत के किस हिस्से में है? कभी उसका नाम

सुनने में नहीं आया! मुझे विश्वास है, अवश्य ही वह टूरिस्टों के लिए दिलचस्प जगह होगी। आशा है, आपने सारे दक्षिण भारतीय मन्दिर, वन्य पशुओं के संरक्षित वन और उस प्रदेश के पनबिजली केन्द्रों का उसमें समावेश किया होगा। अगर आप नमूने की चंद कापियां भेजें, तो हमारे विभाग के उपयोग के लिए एकमुश्त काफी प्रतियां खरीदने पर विचार करने में मुझे खुशी होगी।"

वी. स. खांडेकर

१९४१ के अगस्त की सातवीं तारीख को विश्व-कवि रवीन्द्र की मृत्यु का। समाचार पाकर सभी स्कूल उनके सम्मानार्थ बन्द हो गए। महाराष्ट्र के सुप्रसिद्ध लेखक श्री वी.स.खांडेकर का सुपुत्र अविनाश भी उस समय एक प्राथमिक स्कूल में पढ़ता था। उसके शिक्षक ने स्कूल में हुई शोक-सभा में बताया—"रवि बाबू बहुत बड़े कवि और लेखक थे।" सभा विसर्जित होते ही अविनाश अपने पिता के पास दौड़ा आया और गम्भीरतापूर्वक उसने पूछा- "पिताजी, आपके मरने पर भी इसी तरह सब स्कूलों में छुट्टी होगी न?"

"सब स्कूलों की बात तो नहीं जानता, पर तुझे तो उस दिन स्कूल से जरूर छुट्टी मिलेगी।" खांडेकरजी ने सस्नेह बालक की पीठ थपथपाते हुए कहा।

महादेव शास्त्री जोशी

महादेव शास्त्री को बंगलौर के लोग अवधूत समझते थे। हमेशा वे जल्दी में रहते और एकदम चुप। राह चलते जिस किसी के भी सामने हाथ फैला देते और वह दमड़ी दे या अशरफी, आंखों से छुआकर, जो भी पास हो उसे देकर आगे बढ़ जाते। उनके पीछे हमेशा दस-बीस बच्चों का झुंड रहता। शास्त्रीजी जब मन में आता, किसी भी दुकान से कोई भी चीज़ उठाकर किसी को भी देन डालते। कोई उन्हें न टोकता; बल्कि व्यापारियों का विश्वास था कि शास्त्रीजी जिसकी दुकान में हाथ डालें, उसे एक की जगह दस गुना मुनाफा होता है...

एक दिन शाम को मैं किसी सज्जन से मिलने एक बड़ी दुकान पर गया हुआ था। इतने में शास्त्रीजी उस ओर आ निकले और हाथ फैलाकर दुकान के सामने खड़े हो गए। एक सज्जन ने उठकर चांदी का एक रुपया उन्हें दिया।

सिक्का सम्राट एडवर्ड सप्तम की छाप का था और उसका हाथ से छूना था कि शास्त्रीजी का मुंह निस्तेज हो गया। झटके के साथ उन्होंने रुपया फेंक दिया और जैसे किसी मुर्दे से हाथ छू गया हो, इस तरह सड़क के किनारे लगे सार्वजनिक नल के नीचे बैठकर वस्त्र समेत स्नान किया और चलते बने। उनका यह व्यवहार किसी की समझ में नहीं आया। किसी ने कहा—"यह सब एक ढंग का पागलपन है।" लेकिन अगले दिन सवेरे जब सम्राट एडवर्ड सप्तम के देहान्त की घोषणा हुई, हमारे आश्चर्य का ठिकाना नहीं रहा।

–के. वासुदेवाचार्य

सर आशुतोष

सर आशुतोष एक बार बहुत ही सीधे-सादे वेश में रेल की प्रथम श्रेणी के डिब्बे में सफर कर रहे थे। उसी डिब्बे में एक अंगरेज भी था और उसे अपने साथ ही एक भारतीय का सफर करना बड़ा बुरा लग रहा था। सर आशुतोष से उसने कई बार डिब्बा बदलने के लिए कहा, पर उन्होंने उसे अनसुना कर दिया-भला वे डिब्बा बदलते भी क्यों? अंगरेज का गुस्सा बढ़ता ही गया और रात्रि में जब सर आशुतोष सो गए, तब उसने उनका जूता उठाकर खिड़की से बाहर फेंक दिया। इधर जब सुबह आशुतोष की नींद खुली, तब उन्हें अपना जूता कहीं नज़र नहीं आया। अंगरेज यात्री बड़े आराम से खर्राटे भर रहा था, पर आशुतोष को समझते देर न लगी कि यह शरारत किसकी थी। उन्होंने पास ही टंगा उस अंगरेज का कोट उठाया और खिड़की से बाहर फेंककर आराम से बैठ गए। थोड़ी देर के बाद ही अंगरेज की नींद खुली। अपना कोट कहीं नहीं देखकर उसने पूछा- "मेरा कोट कहां है?"

"आपका कोट?" सर आशुतोष ने मुस्कराते हुए जवाब दिया, "आपका कोट मेरा जूता लाने गया है।"

शिवराम कारंत

कन्नड के विख्यात उपन्यास-लेखक शिवराम कारंत जिस हाई स्कूल में पढ़ते थे, उसके मुख्याध्यापक ने नियम बना रखा था कि बड़ी क्लासों के विद्यार्थी सदा अंग्रेजी में ही बात किया करें। मुख्याध्यापक जिसे भी कन्नड में बातें करते

देख लेते, उसे सजा भुगतनी पड़ती थी। कारंतजी इसका इलाज करना चाहते थे। एक दिन जब मुख्याध्यापक कहीं पास ही थे, उन्होंने अपने एक साथी से कोई मजाकिया बात कही और जब वह हंसने लगा, तो बनावटी गुस्से में ज़ोर से बोले—"फूल! व्हाइ डू यू लाफ इन कन्नड? यू आर ए हाई स्कूल स्टूडेंट। लाफ इन इंग्लिश।" तीर ठीक निशाने पर लगा। मुख्याध्यापक ने फिर कभी किसी को कन्नड में बात करने पर दंड नहीं दिया।

सर इकबाल

सुप्रसिद्ध शायर सर मुहम्मद इक्बाल से एक बार उनके एक हिन्दू मित्र ने कहा—"आपके धर्म में एक बात बहुत बुरी है। वह यह कि काफिर का काम तमाम करना महान धार्मिक कर्म है।" इकबाल बोले—"इस्लाम ही क्यों, यह तो। सभी मज़हबों की सीख है।" इसपर मित्र चौंके–"नहीं तो, हमारा हिन्दू धर्म ऐसा नहीं कहता!"

इकबाल मुस्कराए—"दोस्त, बदकिस्मती की बात यह है कि लोग 'काफिर' का सही मतलब ही नहीं जानते। 'कुफ़्र' के मानी है, इख़लाक (जीव जगत्) से मुहब्बत न करने के जज्बात। इस्लाम की सीख यही है कि हर आदमी के अन्दर इखलाक के लिए मुहब्बत पैदा करो। इसके लिए क्या यह ज़रूरी नहीं है कि उसके भीतर के काफिराना जज्बात का ख़ात्मा किया जाए?"

एक मौलवी साहब औरतों की संगीत-शिक्षा के विरोध में इकबाल से बहस करने लगे। इकबाल ने समझाने की काफी कोशिश की, मगर वे अपनी जिद पर अड़े रहे। कहने लगे—"औरतों का गाना सुनने से यौन भावनाएं उत्तेजित होती हैं। गाने वाली का चेहरा और हाव-भाव देखने से मन चलायमान होता है, कामुकता प्रज्ज्वलित होती है।" सुनकर अल्लामा ने फर्माया "आप यों किया कीजिए कि ऐसी महफ़िलों में आंखों पर पट्टी बांधकर और लंगोट कसकर जाइए। सिर्फ कान खुले रखिए, ताकि गाने का लुत्फ भी उठा सकें और अपने चाल-चलन की हिफ़ाज़त भी रखें।"

प्रसिद्ध शायर मौलाना गरामी की डाक्टर इकबाल से बहुत पटती थी। वे एक बार डाक्टर साहब के घर लाहौर आए, तो काफी दिनों तक रुक गए। आखिर कार उनकी बेगम ने लाहौर जा रहे दो व्यक्तियों से कहा कि वे किसी तरह मौलाना को जालंधर (घर) भिजवाएं।

उन दोनों ने युक्ति से काम निकालने का निश्चय किया। बातचीत के सिलसिले में उन्होंने मौलाना से कहा—"...और सब तो ठीक है, पर आपकी बेगम के दुश्मनों की तबीयत बहुत नासाज़ है।" मौलाना छटपटा उठे घर जाने को। शाम को कचहरी से जब डाक्टर इकबाल लौटे, तो वे लगभग रो-से पड़े–"इकबाल, बेगम की तबीयत बहुत नासाज़ है। मैं अभी जालंधर जाऊंगा।"

पर इकबाल साहब को उसी दिन खबर मिली थी कि मौलाना के घर सब ठीक-ठाक है; अतः उन्होंने कहा—"हां, हां, जरूर जाइए। लेकिन एक रुबाई दिमाग में अटक गई है। तीन मिसरे हो गए हैं-चौथा नहीं बन रहा।" और, उन्होंने तीनों मिसरे सुना दिए। सुनते ही मौलाना का दिमाग चौथे मिसरे की खोज में लग गया। अब वे बैठे हैं, तो गुनगुना रहे हैं; खड़े हैं, तो गुनगुना रहे हैं!

उनकी यह हालत देख, इकबाल साहब ने कहा—"नहीं बनता, तो छोड़ दीजिए। आपको जालंधर जाना है न!" सुनकर मौलाना बौखला पड़े—"अरे छोड़ो भी जालंधर! यहां चौथा मिसरा..."

और, उस रात सब सो गए, पर मौलाना मिसरा मिलाते रहे। रात के तीन बजे उन्होंने सोए हुए इकबाल साहब को झकझोरा—"ऐ इकबाल, उठो, उठो! हो गया चौथा मिसरा।" और, चौथा मिसरा सुनाने के बाद बोले—"हां, अब कौन-सी गाडी जाती है जालंधर?"

—'*सालिक*

एन. एस. कृष्णन्

तमिल फिल्मी जगत् में स्वर्गीय एन. एस. कृष्णन् अप्रतिम हास्य-अभिनेता माने जाते हैं। वे सांस्कृतिक यात्रा पर रूस गए हुए थे। वहां उन्हें एक सार्वजनिक सभा में बोलने का अवसर मिला, तो बोले–"गांधीवाद और साम्यवाद दोनों का उद्देश्य मनुष्य-जीवन को सुखी बनाना ही है। दोनों अपनी मंजिल पर पहुंचने का ही प्रयत्न करते हैं। लेकिन उनके रास्ते अलग-अलग हैं। गांधी-मार्ग तो रेलगाड़ी के समान है। उसपर सफर करते हुए आदमी को बड़ा खतरा मोल नहीं लेना पड़ता। पर रूस का साम्यवाद तो जेटयान की तरह है, जिसमें प्रतिक्षण भयंकर विपत्तियों की संभावना रहती है।"

भाषण के रूसी अनुवादकर्ता ने आपत्ति उठाई और उनके उन विचारों का रूसी अनुवाद करने से इन्कार कर दिया। पर श्री कृष्णन् आसानी से छोड़ने वाले। न थे। वे अपनी बात पर अड़ गए कि अपनी उन बातों का अनुवाद होना ही चाहिए। गांधी का मार्ग अपनाकर उन्होंने ऐसा सत्याग्रह किया कि साम्यवाद को हार माननी ही पड़ी। जब श्रोताओं ने भी आग्रह शुरू किया, तो अंततः अनुवादक को उनके भाषण का अक्षरशः अनुवाद करना पड़ा।

लल्लद्यद

कश्मीरी भाषा की प्रथम कवयित्री लल्लद्यद या लल्लेश्वरी शिव के प्रेम में मस्त रहा करती थीं। वे पूर्णतया विरक्त थीं। तन-मन की सुधी-बुधी भूलकर गली-कूचों में घूमा करतीं। उन्हें यों घूमते देखकर कुछ लोग उनकी निंदा करते पर वे बुरा न मानतीं।

एक बार वे बाज़ार में घूम रही थीं और लड़कों की टोली उन्हें बुरा-भला कहती हुई उनके पीछे लगी थी। एक दुकानदार को बच्चों की यह धृष्टता बहुत बुरी लगी। उसने बच्चों को खूब ज़ोर से डांटा। बच्चे तो भाग गए लेकिन लल्लेश्वरी खड़ी रहीं। उन्होंने तुरन्त सामने वाली कपड़े की दुकान से थोड़ा-सा कपड़ा मांगा और उसके दो समान टुकड़े कराए। फिर एक टुकड़े को बायें कंधे पर डाल लिया और दूसरे को दायें कंधे पर, और वहां से चल पड़ीं। रास्ते में चलते समय जब कोई उन्हें प्रणाम करता, तो वे बायें कंधे वाले कपड़े में एक गांठ लगा देतीं; और

जब कोई गाली देता तो दायें कंधे वाले कपड़े में एक गांठ लगा देतीं। सारे दिन यही सिलसिला चलता रहा।

सायंकाल वे फिर उस दुकानदार के पास गई और बोलीं कि दोनों टुकड़ों को तौल दो। टुकड़े तोले गए, तो वज़न में बराबर निकले। तब लल्लेश्वरी ने कहा—"चाहे कोई मेरी निंदा करे, चाहे प्रशंसा करे, जिसके मन में जो आए कहे कोई मुझे फल चढ़ाकर पूजा करे। इससे किसी को क्या हासिल होगा (मेरा , तो कुछ हानि-लाभ न होगा), क्योंकि मैं तो दोष या मैल से पाक हूं।"

कवि कलापी

गुजराती के रसवर्षी कवि कलापी (असली जीवन में सौराष्ट्र के लाठी राज्य के ठाकुर सुरसिंहजी गोहिल) एक बार गर्मियों में मस्तकवि त्रिभुवन प्रेमशंकर और उनके भाई कवि हरगोविन्द दाणा आदि के साथ माथेरान गए हुए थे। दोपहर को सब मित्र बैठे बातें कर रहे थे कि एक बहेलिया कुछ बुलबुलें लेकर आया। कलापी उन्हें देखकर आनन्दावेश से भर उठे। लाठी में ऐसी बुलबुले न थीं। एक पिंजरे को हाथ में लेकर उन्होंने मित्रों से पूछा—"लाठी के लिए कितनी बुलबुलों की आवश्यकता होगी कि वहां इनका स्वर गूंज उठे?"

सत्यनिष्ठ और बेलिहाज कवि हरगोविन्द नाराज़ी से बोले—"ठाकुर! लाठी में ऐसा बाग क्यों नहीं बनवाते कि बुलबुलें स्वयं आएं! पर आपको तो यह करना है नहीं, केवल उनका स्वर सुनना है। अपने श्रवण-सुख के लिए इन उन्मुक्तविहारी पक्षियों को बन्धन में डालेंगे? आपको तो हुक्म निकलवाना चाहिए कि मेरे राज्य में जो भी इन्हें पिंजरे में बन्द रखेगा, उसे मृत्यु-दंड दिया जाएगा। लेकिन आप स्वयं खरीदने बैठ गए। ये कल फिर पकड़ लाएंगे, और आपसे मुंहमांगी कीमत वसूल कर ले जाएंगे।"

कलापी ने मुस्कराते हुए उत्तर दिया—"हां, कल फिर खरीद लूंगा।" हरगोविन्द के क्रोध की सीमा न रही और वे उठकर चले गए।

अगले दिन सुबह जब कवि हरगोविन्द टहलने जाते हुए पोर्च में आए, तो पिंजरे खुले हुए थे। उड़ रही बुलबुलों को कलापी बड़ी रसाई दृष्टि से निहार रहे थे।

हरगोविन्द को देखकर बोले—"आपकी बात कितनी सच्ची है! बन्धन से मुक्त उड़ रहे ये पक्षी कितने सुन्दर लगते हैं।"

ग़ालिब

एक दिन एक साहब मिर्जा ग़ालिब से मिलने आए। थोड़ी देर बैठकर वह जब जाने लगे, तो मिर्जा हाथ में शमादान लेकर नीचे पहुंचाने आए, ताकि रोशनी में वे अपना जूता देखकर पहन लें।

आगन्तुक सज्जन कहने लगे—"किबला! आपने क्यों कष्ट किया? मैं अपना जूता स्वयं पहन लेता।"

तुरंत ही मिर्जा ने अपने खास अन्दाज़ में जवाब दिया—"मैं आपको जूता दिखाने के लिए शमादान नहीं लाया हूं, बल्कि इसलिए लाया हूं कि कहीं आप अंधेरे में मेरा नया जूता न पहनकर चले जाएं।"

आगा शोरिश कश्मीरी

प्रसिद्ध पत्रकार आगा शोरिश जिन दिनों तवाइफों के बारे में एक किताब लिख रहे थे, उन दिनों 'उस बाजार में उनका आना-जाना प्रायः रहता ही था। लोग कहीं अंगुलियां न उठाने लगें, इस खयाल से अपने साथ वे कुछ और साहित्यिक दोस्तों को भी ले जाते।

एक दिन वे हीरामंडी लाहौर की प्रसिद्ध गायिका मुम्ताज़ के यहां बैठे प्रश्नोत्तर में व्यस्त थे। उन दिनों रावी में बाढ़ आ रही थी, पानी मिंटो पार्क तक

आ पहुंचा था, मुम्ताज़ के यहां बातों ही बातों में आधी रात गुज़र गई। शोरिश के साथ एक दोस्त थे-काज़ी जी, वे चिढ़कर बोले—"चलो यार, पानी मार कर रहा है; कहीं यहां तक न आ पहुंचे और हम बेगुनाह ही डूब जाएं।"

मुम्ताज़ ने सुना और छूटते ही फब्ती कसी—"काज़ी जी, उसके लिए तो चुल्लू-भर पानी ही काफी है।"

जिगर

जिगर मुरादाबादी एक बार लाहौर गए, तो वहां के अनेक साहित्यकार उनके निवास स्थान पर भेंट करने के उद्देश्य से पहुंचे। जिगर साहब बड़ी गर्मजोशी से हर मुलाकाती से भेंट कर रहे थे कि एकाएक सआदत हसन मंटो ने आगे बढ़कर जिगर साहब को अपना परिचय इन शब्दों में दिया "किबला! अगर आप मुरादाबाद के जिगर हैं, तो यह खाकसार लाहौरे का गुर्दा है!"

रविशंकर

जब मैं बाबा (गुरु अल्लाउद्दीन खां) के पास आया ही था, तब की बात है। वे मुझे एक अभ्यास सिखा रहे थे और मैं उसे ठीक से बजा नहीं पा रहा था। ऊंह!" वे बोल उठे—" तुम्हारी इन कलाइयों में तो ज़रा भी ताकत नहीं है, छिः! छिः!" और उन्होंने मेरे हाथों पर धौल जमाया। मैं अपनी ओर से पूरी कोशिश कर रहा था और यह बात मुझे बेहद बुरी लगी कि वे मुझपर नाराज़ हो उठे। जब मैं बच्चा था, तब से किसी ने मुझसे गुस्से में बात नहीं की थी, हालांकि मैं काफी बिगड़ा हुआ था और कई बार काफी बुरे ढंग से पेश आता था। इसलिए जब बाबा ने आवाज़ ऊंची की, तो मुझे घबराहट होने के बजाय गुस्सा चढ़ने लगा।

"जाओ," बाबा ने ताना कसा—"जाकर चूड़ियां खरीद लो इन कलाइयों में पहनने के लिए। तुम तो लड़की हो, छोटी-सी लड़की। ज़रा भी ताकत नहीं तुममें! यह आसान-सा अभ्यास भी तुमसे करते नहीं बनता!"

बस, बहुत हो गया। मैं उठा और पड़ोस के घर में चला आया, जहां मैं रहता था। अपना बोरिया-बिस्तर बांधकर मैं रेलवे स्टेशन आ पहुंचा और घर का टिकट कटा लिया। गाड़ी अभी-अभी निकल गई थी और अगली गाड़ी के लिए मुझे कुछ देर इन्तज़ार करना था।

तभी अली अकबर दौड़ते हुए आए और मेरा सामान देखकर पूछने लगे कि क्या हुआ। मैंने कहा—"मैं अब यहां नहीं ठहरूंगा। बाबा ने आज मुझे झिड़का है।"

अली अकबर ने अविश्वास-भरी आंखों से मुझे देखा और पूछा कि तुम

पागल तो नहीं हो गए हो, बोले, "तुम्हीं अकेले आदमी हो, जिस पर उन्होंने कभी हाथ नहीं उठाया, हम सब इस बात पर हैरान हैं। और जानते हो, उन्होंने मेरे साथ क्या किया था? एक हफ्ते तक वे मुझे रोज़ दरख्त से बांधकर पीटा करते थे और खाना भी नहीं देते थे। और तुम हो कि उन्होंने ज़रा-सा डांट दिया, तो भाग निकले।"

मैं अड़ा रहा–"नहीं, मैं तो सांझ की गाड़ी से चला जाऊंगा।" पर अली अकबर ने अपने साथ घर वापस चलने के लिए मुझे मना लिया और मैंने अपना सामान अस्थायी रूप से अपने कमरे में वापस रखा। इतने में अली अकबर ने सारी बात अपनी मां से कह दी और मां ने बाबा से। अली अकबर ने आकर मुझसे कहा कि मां और बाबा चाहते हैं कि मैं उनके साथ भोजन करूं। मैं घर में गया। मां मुझसे बोलीं—"आओ। तुम थोड़ी देर में चले जाओगे। मगर जाओ, थोड़ी देर अपने बाबा के पास बैठो।"

मैंने बाबा के पास जाकर प्रणाम किया। मैंने देखा कि वे मेरा फोटो काटकर फ्रेम में लगा रहे थे। हम दोनों में से किसी ने एक भी शब्द नहीं कहा। थोड़ी देर बाद मैंने कहा—"मैं आज जा रहा हूं!" धीरे से उन्होंने नज़र उठाकर मुझे देखा और पूछा—"बस, और कुछ नहीं? मेरा मतलब है,मैंने इतना ही कहा कि जाकर चूड़ियां पहन लो, और उससे तुम्हें इतनी ठेस लगेगी कि तुम चले जा रहे हो?" मेरी आंखों में तो आंसू उमड़ आए। मैंने उन्हें इस रूप में कभी नहीं देखा था।

बाबा उठे, मेरे पास आए और बोले—"याद है, बम्बई में बन्दरगाह पर किस तरह तुम्हारी माताजी ने तुम्हारा हाथ मेरे हाथ में दिया था और मुझसे कहा था कि अपने बेटे की तरह तुम्हारी देखभाल करुं? तब से मैंने तुम्हें अपना ही बेटा माना है। और तुम उसे इस तरह तोड़ देना चाहते हो?"

जैसा कि स्वाभाविक था, इसके बाद मैं बाबा को छोड़कर गया नहीं। और तब से जब कभी बाबा को मेरी किसी बात पर गुस्सा आ जाता, तो वे जाकर किसी और की पिटाई कर बैठते थे।

4

विदेशी लेखक

विक्टर ह्यूगो

संसार में सबसे छोटा तार फ्राँस के विख्यात लेखक विक्टर ह्यूगो ने अपने प्रकाशक को दिया था। उत्तर में उतना ही छोटा तार प्रकाशक ने उन्हें भेजा था।

अपने उपन्यास 'ला मिज़रेबल› के बारे में यह जानने के लिए कि वह कैसे बिक रहा है, ह्यूगो ने तार में लिखा था—" ?" प्रकाशक ने उत्तर दिया था— !"

एक बार विक्टर ह्यूगो अपनी हजामत बनवाने के लिए एक हेयर कटिंग सेलून में गया और कुरसी पर जा बैठा। नाई ने बुश को ह्यगो की दाढ़ी पर रगड़ना शुरू किया ही था कि ह्यूगो ने नाई का हाथ पकड़ लिया और कहा—"जरा ठहर जा।"

ह्यूगो ने अपनी जेब में हाथ डालकर कागज टटोलना शुरू किया। परन्तु जेब से कोई कागज प्राप्त नहीं हुआ। आखिर उसने दूकान में से एक कागज उठाकर लिखना शुरू कर दिया।

नाई प्रतीक्षा करने लगा कि लिखना समाप्त हो और वह हजामत बनाए, पर लिखना तो समाप्त ही नहीं होता था। तंग आकर नाई ने कहा—"महाशय! आज मुझे बहुत काम है, जरा शीघ्रता कीजिए।"

"अच्छा, तो आज मुझे भी बहुत काम है।" कहकर विक्टर ह्यूगो बिना हजामत बनवाए ही दूकान से उठकर चल पड़ा।

इस प्रकार विक्टर ह्यूगो के उठकर चले जाने से बेचारे नाई के अठारह ग्राहकों के पैसे मारे गए; क्योंकि ह्यूगो ने जिस कागज पर लिखना शुरू किया था, उसपर नाई ने उन ग्राहकों के नाम दर्ज कर रखे थे, जिनसे उसे हजामत के पैसे वसूल करने थे। परन्तु इसके द्वारा फ्राँस को बड़ा लाभ हुआ था। उस कागज पर ह्यूगो ने कुछ सुन्दर कविताएं लिखी थीं जो फ्राँसीसी साहित्य की अमर निधि मानी जाती हैं।

मैक्सिम गोर्की

मैं मरते-मरते बचा हूं। यमदूत मेरे पास आए, वही तीनों यमदूत, जो आम तौर पर आया करते हैं। उन्होंने पूछा—"हां तो, तैयार हो?" और मैंने कहा—"नहीं, मेरा उपन्यास अभी खत्म नहीं हुआ है।"

उन्होंने कहा—"कोई बात नहीं, हमें कोई जल्दी नहीं है। उपन्यास हमारा कुछ नहीं बिगाड़ेगा, हम पढ़ते नहीं हैं।"

"तो तुम लोग अनपढ़ हो क्या?"

"नहीं, हम शिक्षित व्यक्ति हैं, हम आलोचनाएं लिखते हैं; और जहां तक पढ़ने का सवाल है, हमारे पास फुरसत नहीं है। और फिर पढ़ने का फायदा भी क्या है, जबकि हम खुद लिखते हैं?" वे कुछ देर खड़े रहे, और फिर चले गए। उनमें से एक मेरी दवाई की बोतल उठाकर ले गया, और दूसरा मेरा एक स्लीपर ले गया। उसके बाद मेरी हालत सुधरने लगी और मैं स्वस्थ हो गया।

आपके बनाए मेरे पोर्ट्रेट और मेरे बारे में आपके कृपापूर्ण और सुंदर शब्दों के लिए धन्यवाद। मैं यह तो नहीं जानता कि मैं अपनी किताबों से बेहतर हूं या नहीं, मगर इतना ज़रूर जानता हूं कि हर लेखक को, जो कुछ वह लिखता है, उससे ऊपर और बेहतर होना चाहिए। क्योंकि—आखिर किताब है क्या? एक महान किताब भी शब्दों की महज़ काली और मृत छाया है और सत्य के प्रति एक इंगित-मात्र है, जबकि आदमी जीवित ईश्वर का मंदिर है। और मैं समझता हूं कि पूर्णता, सत्य और न्याय-प्राप्ति की अखंड साधना का नाम ईश्वर है। इसीलिए बुरा आदमी भी अच्छी किताब से बेहतर है।

मैं इस बात का पूरी तरह कायल हो चुका हूं कि समूची धरती पर आदमी से बेहतर कोई दूसरी चीज़ नहीं है और मैं यह कहना चाहता हूं कि जीवित सिर्फ आदमी रहता है, बाकी सारी चीज़ें महज़ ख्याल हैं। मैं हमेशा से आदमी को पुजारी रहा हूं और रहूंगा, सिर्फ इतना नहीं जानता कि इस आस्था की अधिक से अधिक समर्थी अभिव्यक्ति कैसे करूं?

वाल्टेयर

प्रसिद्ध फ्रांसीसी विद्वान वाल्टेयर अपनी ज़िन्दादिली के लिए प्रसिद्ध थे। विषम से विषम और गम्भीर परिस्थितियों में भी वह मज़ाक करने से नहीं चूकते थे। अपने अन्तिम दिनों में, जब वे मृत्युशय्या पर लेटे थे, तो धर्मोपदेश के लिए चर्च से एक पादरी बुलवाया गया। विनोदी वाल्टेयर इस वक्त भी मज़ाक करने का लोभ संवरण नहीं कर सके। उन्होंने पादरी से प्रश्न किया—"आप कहां से आ रहे हैं?"

पादरी ने उत्तर दिया—"प्रभु ईशु के दरबार से।"

और, वाल्टेयर ने झट हाथ फैला दिए–"ज़रा देखूं तो आपका प्रमाण पत्र?"

पादरी गालियां देता हुआ उलटे पैरों वापस चला गया।

शेक्सपियर

प्रसिद्ध नाटककार शेक्सपियर के विवाह की कहानी बड़ी ही मनोरंजक है। शेक्सपियर को आरम्भ में अन्ने हैथवे नाम की एक युवती से प्रेम था, पर बाद में वे अन्ने व्हाटले नाम की एक अन्य युवती से प्रेम करने लगे। हैथवे को जब यह मालूम हुआ कि उसका प्रेमी उसे छोड़ एक अन्य युवती से शादी करने जा रहा है, तो वह बहुत घबराई। और कोई रास्ता समझ में नहीं आया, तो वह अपने पड़ोसियों के घर जाकर रोने लगी। सीधे-सादे पड़ोसियों पर हैथवे के आंसुओं का गहरा असर पड़ा और दूसरे ही दिन शहर जाकर उन लोगों ने जगह-जगह पर शेक्सपियर और हैथवे की शादी के पोस्टर चिपका दिए। शेक्सपियर को बाध्य हो हैथवे से शादी करनी पड़ गई।

गेटे

जर्मन भाषा के विख्यात कवि श्री गेटे की प्रथम पुस्तक जब प्रकाशित हुई, तो कई समालोचकों ने उसकी धज्जी-धज्जी उड़ा दी। गेटे ने जानबूझकर उन आलोचनाओं में बताए गए मिथ्या दोषों का कोई उत्तर नहीं दिया। उनके कई मित्र आकर एक दिन उनसे कहने लगे—"आप कहें, तो हम लोगे, आपकी ओर से उन समालोचकों को करारा उत्तर दें।"

गेटे ने हंसते हुए कहा—"आप लोग करारा उत्तर देने के पहले एक गीत सुनिए।" कहकर उन्होंने सस्वर बर्गर की एक कविता सुना दी, जब अपवाद उड़ाने वालों की जिह्वा आपको पीड़ा देने लगे, उस वक्त आप उस पीड़ा को ही सांत्वना मानिए। याद रखिए, कुत्सित फूल पर भ्रमर कभी नहीं बैठते हैं।"

मित्र-मंडली ने गेटे द्वारा इस कविता-पाठ के बाद अपना पूर्व-विचार स्थगित कर दिया।

वाल्टर रेले

पराक्रमी पर्यटक और प्रसिद्ध अंग्रेज़ विद्वान सर वाल्टर रेले को किसी समय राजनैतिक विरोध के कारण टावर ऑफ लन्दन की जेल में बन्द कर दिया गया। उस अवधि में, समय का सदुपयोग करने के लिए उन्होंने विश्व का इतिहास लिखना आरम्भ कर दिया। जब वे लिख रहे थे, तब एक दिन जेल के बाहर दरवाज़े पर उन्होंने शोरगुल सुना। खिड़की से झांककर देखने से उन्हें आभास हुआ कि कोई असाधारण घटना घटित हुई है। नीचे जाकर जब उन्होंने जेलरों से पूछताछ की तब उन्हें ज्ञात हुआ कि किसी आदमी की हत्या हो गई है। उन्होंने आगे काफी छानबीन की, फिर भी उन्हें यह पता न चला कि हत्या क्यों, कैसे और किसके द्वारा हुई। इससे वे झुंझला गए और कहा—"जब मैं अपनी नाक के नीचे घटित घटना का भी तथ्य मालूम न कर सका, तो मैं विश्व का इतिहास क्या खाक लिखूंगा?" और उन्होंने कलग फेंक दी।

सर वाल्टर स्काट

'आइवनहो' के प्रख्यात लेखक, सर वाल्टर स्काट ने एक बार किसी फंड के लिए एक सभा आयोजित की। फंड का महत्त्व समझाते हुए उन्होंने अत्यन्त मार्मिक एवं हृदयस्पर्शी भाषण दिया। चन्दा इकट्ठा करने के लिए भाषण के उपरान्त उन्होंने अपना हैट श्रोताओं के सम्मुख घुमाया; लेकिन चन्दे के नाम पर किसी ने एक पैसा भी हैट में नहीं डाला। जब खाली हैट उनके पास वापस आया, तो उन्होंने बड़ी शान्ति से कहा—"आप लोगों का मैं अत्यन्त आभारी हूं कि आपने मेरा हैट तो कम से कम सकुशल वापस लौटा दिया।"

टाल्स्टाय

जीवन क्या है?" एक जिज्ञासु के इस प्रश्न का उत्तर देते हुए महात्मा टाल्स्टाय ने एक कहानी सुनाई—

एक बार एक याली जंगल-पथ से चला जा रहा था। अचानक एक जंगली हाथी उसकी ओर झपटा। बचाव का अन्य कोई उपाय न देख वह रास्ते के एक

कुएं में कूद पड़ा। कुएं के बीच में बरगद का एक मोटा पेड़ था। यात्री उसीका एक तन्तु पकड़कर लटक गया।"

"कुछ देर बाद उसकी दृष्टि कुएं में नीचे की ओर गई —कदाचित् वहां त्राण की कोई सूरत दीख जाए! किन्तु वहां तो साक्षात् मौत ही खड़ी थी— विकराल मगर उसके नीचे टपकने की बाट जोह रहा था। भय-कम्पित निरुपाय आंखें ऊपर पेड़ पर गईं-देखा, शहद के एक छत्ते से बूंद-बूंद मधु टपक रहा था। स्वाद के सामने वह भय को भूल गया। उसने टपकते हुए मधु की ओर बढ़कर अपना मुंह खोल दिया और तल्लीन होकर बूंद-बूंद मधु पीने लगा।

"लेकिन यह क्या? उसने साश्चर्य देखा, वट-तन्तु के जिस मूल को पकड़कर वह लटका हुआ था, उसे एक सफेद और एक काला चूहा कुतर-कुतरकर काट रहे थे। ..."

जिज्ञासु की प्रश्नसूचक मुद्रा देख महात्मा टाल्स्टाय ने कहा—"नहीं समझे तुम? वह हाथी काल था, मगर मृत्यु था, मधु जीवन-रस था और काला तथा सफेद चूहा दिन-रात। इस सबका सम्मिलित नाम ही जीवन है।"

एच.जी.वेल्स

इंग्लैंड के विश्वविख्यात साहित्यकार एच.जी. वेल्स लन्दन-स्थित अपना नया मकान एक मित्र को दिखा रहे थे। तीसरी मंजिल पर एक छोटे-से कमरे को दिखाते हुए उन्होंने कहा—"यह मेरा शयनकक्ष है।"

"परन्तु आप निचली मंजिल में शानदार कमरों का उपयोग अपने शयनकक्ष के रूप में क्यों नहीं करते?" मित्र ने प्रश्न किया।

"वे कमरे मेरी नौकरानी और रसोइये के लिए हैं। दोनों पिछले बीस वर्षों से मेरे साथ रहते हैं।" वेल्स ने कहा।

"अन्य स्थानों पर तो छोटे कमरे नौकरों के लिए रखे जाते हैं।" मित्र ने कहा।

"इसीलिए मेरे मकान में वैसी व्यवस्था नहीं है। मेरी मां किसी समय लन्दन में एक मकान में नौकरानी थीं।" वेल्स ने जवाब दिया।

मार्क ट्वेन

एक बार अंग्रेज़ी के प्रसिद्ध हास्य-लेखक मार्क ट् वेन को एक आम सभा में भाषण देने के लिए निमंत्रित किया गया।

जब वे उस नगर में निश्चित तिथि को आए, तो उन्हें ऐसा लगा जैसे उनके कार्यक्रम का पूरा विज्ञापन नहीं किया गया है।

नागरिकों को उनके होने वाले भाषण का पता है या नहीं, यह जानने के लिए वे एक दुकान में चले गए।

उन्होंने दुकानदार से पूछा—"क्यों भाई, यहाँ पर आज कोई मनोरंजक कार्यक्रम नहीं होने वाला है, जिससे एक यात्री अपना शाम का समय काट सके?"

दुकानदार ने उत्तर दिया—"हां-हां, मेरा खयाल है कि आज यहां पर कोई भाषण होने वाला है। आज तो दिन-भर काफी अंडे बिके हैं।"

बहुधा मार्क ट् वेन चर्च में रविवारीय उपदेश सुना करते थे। एक दिन वे पादरी से बोले—"डाक्टर जोन, आपका उपदेश सुनकर मुझे बड़ा हर्ष होता है। ऐसा लगता है, जैसे मैं अपने पुराने मित्र से मिल रहा हूं। क्योंकि आप जानते हैं कि मेरे पास एक पुस्तक है जिसमें आपके उपदेशों का प्रत्येक शब्द है।"

"बिलकुल गलत बात है यह।" उसने उत्तर दिया।

"नहीं, सचमुच मेरे पास वह पुस्तक है।" मार्क ट् वेन बोले।

"अच्छा, तो उसे मेरे पास भेज देना।" उत्तर में जरूर कह अगले दिन सवेरे ही मार्क ट् वेन ने बड़ा शब्दकोश पादरी के पास भिजवा दिया।

शाम के खाने के बाद, नारी-स्वभाव की बात चली, तो मार्क ट् वेन ने ऐसा रोचक एवं अद् भुत प्रसंग सुनाया कि जो हंसे, दिल खोल-कर हंसे और जो झुंझलाए, अपने में सिमटे रहे। वह प्रसंग यों थाः

पुरानी बात है। एक दिन स्वर्ग की एक नवयौवना अप्सरा ने शैतान की-किसी दिक्कत को हल कर दिया। कृतज्ञ हो शैतान ने कहा—'तुमने मेरा बड़ा उपकार किया है। अब बोलो, मैं तुम्हारे लिए क्या कर सकता हूं! जो भी तुम्हारी इच्छा हो, कहो! पलक मारते ही पूरी हो जाएगी।'

अप्सरा क्षण - भर सोच में पड़ गई। तत्काल ही यह निर्णय करना उसके लिए कठिन था कि क्या मांगा जाए। शैतान ने इसे लक्ष्य किया, मुस्कराता हुआ वह बोला—"तुम सुन्दर बनना चाहती हो—है न?'

लेकिन उसी क्षण उसके मुंह पर जोरों का थप्पड़ पड़ा और अप्सरा क्रुद्ध स्वर में बोल उठी–'मूर्ख कहीं का! क्या मैं सुन्दर नहीं हूं?

एक बार मार्क ट् वेन बहुत बीमार थे। उनके सम्बन्ध में समाचारपत्रों में छप गया कि वे मर गए। जब ट् वेन को पता चला, तो उन्होंने निम्नलिखित वक्तव्य प्रकाशित करायाः

"आप लोगों को निराश करते हुए मुझे दुःख होता है; पर जहां तक मुझे मालूम है, मैं मरा नहीं हूं।"

सुप्रसिद्ध विनोदी लेखक मार्क ट् वेन के जन्मदिन पर एक प्रेमी पाठक ने उन्हें अभिनंदन का एक पत्र लिखा। पर दुर्भाग्यवश ट् वेन का निश्चित पता ही उन्हें

मालूम न था। अतः उन्होंने पते के स्थान पर लिखा—'श्रीयुत मार्क ट् वेन, पता नहीं मालूम; ईश्वर करे, यह पत्र उन्हें मिल जाए!'

कुछ दिनों बाद उक्त पाठक के पास मार्क ट् वेन का एक पत्र आया, जिसमें सिर्फ इतना ही लिखा था—'ईश्वर ने कृपा की।'

मेरी स्टोप्स

यौन-विज्ञान की प्रसिद्ध लेखिका मेरी स्टोप्स, जब सोलह वर्ष की थीं, तो किसीने उनकी सुन्दरता की प्रशंसा कर दी और उन्हें बड़ा गर्व हो गया। उनके पिता ने पुत्री को उचित सीख देते हुए कहा—"बेटी, सोलह वर्ष की अवस्था में कोई तुम्हारी सुन्दरता की प्रशंसा करे तो उसमें अभिमान करने की कोई बात नहीं; क्योंकि उस सुन्दरता का श्रेय तुम्हें नहीं, बल्कि प्रकृति को है। हां, जब तुम साठ बरस की हो जाओ, तब भी अगर कोई तुम्हें सुन्दर कहे, तो अभिमान करना; तब सुन्दरता का श्रेय तुम्हें ही होगा।"

जार्ज बर्नार्ड शॉ

आगुस्ते रोदैं को जार्ज बर्नार्ड शॉ ने अपनी मूर्ति बनाने के लिए कहा और उसकी एक हज़ार पौंड कीमत देना तय किया।

रोदैं ने कुछ दिनों में शॉ की दस-बारह मूर्तियां बनाईं। लेकिन उनमें से कोई भी उसे स्वयं पसंद न आई, हालांकि शॉ को उनमें से एक-दो मूर्तियां बहुत पसंद थीं।

एक दिन शॉ ने पूछा—"आखिर मेरी मूर्ति कब बनेगी? एक मूर्ति बनाने में आप इतना समय लगाएंगे, तो कमाएंगे क्या?"

"कोई अच्छा माडल मिल जाए, तो फिर मुझे समय या पैसों का खयाल नहीं रहता," रोदैं ने कहा। इसपर शॉ ने मुस्कराकर कहा—"अगर मैं इतना अच्छा माडल हूं, तो आपको मूर्ति के लिए मुझसे कीमत लेने के बजाय, माडल के तौर पर मुझे कीमत देनी चाहिए।"

उत्तर मिला—"वह मिलेगी आपको। एक दिन आप इस बात पर गर्व कर सकेंगे कि आपके पास रोदैं की बनाई हुई मूर्ति है।"

बर्नार्ड शॉ को मोटर चलाने का बड़ा शौक था। एक बार मोटर चलाते समय उनके दिमाग में एक नये नाटक का प्लाट आया। बगल में बैठे ड्राइवर को वे बड़े उत्साह से उसकी रूपरेखा समझाने लगे। अचानक ड्राइवर ने झपटकर उनके हाथ से स्टीयरिंग थाम लिया।

"यह क्या बदतमीजी है?" शॉ गरजे।

"क्षमा कीजिए, आपका यह नाटक अजर-अमर कृति होगा। मैं आपको इसे पूरा किए बिना मरने नहीं दूंगा।"

एक नौजवान ब्रिटिश पत्रकार से उसके संपादक ने कहा—"जाओ, एयाट सेंट लारेंस जाकर जार्ज बर्नार्ड शॉ से मिलो और शान से बूढ़े कैसे हों?' इस विषय पर उनसे इंटरव्यू लो।" युवक एयाट सेंट लारेंस गया; शॉ ने उसे मुलाकात भी दी। मगर उनके सब उत्तर निहायत अटपटे थे। बेचारा युवक बिलकुल उदास हो गया और लौट चला। तब बूढ़े शॉ ने उससे कहा—"दोस्त, तुम्हें बड़ा बेढंगा काम सौंपा गया। मगर तुम्हें बिलकुल खाली हाथ लौटाना भी ठीक नहीं है। लो, एक किस्सा लेते जाओ। मैं इस गांव में क्यों बसा मालूम है? एक दिन सैर के वक्त घूमता-घामता मैं यहां आ पहुंचा और एक कब्र के पास से गुज़रा उसपर पत्थर पर खुदा हुआ थाः

"मेरी एन साउथवर्थ; जन्म १८१५, मृत्यु १८९५।"

"भगवान उसे सद् गति दे। कितना अल्प था उसका जीवन-काल।"

"मैने सोचा-अगर ८० वर्ष इस गांव वालों की दृष्टि में अल्प हैं, मुझे यहीं बसना चाहिए।"

एक बार एक नौकरानी मुझे सैर कराने के लिए एक गरीब बस्ती में ले गई, जहां उसके कुछ परिचित व्यक्ति रहते थे। वहां वह एक दोस्त के संग एक शराबखाने में गई, जहां मुझे शरबत पिलाया गया। मुझे उसका शराबखाने में जाना अच्छा नहीं लगा; क्योंकि मेरे पिताजी ने मुझे शराब की बुराइयों के बारे में बड़े प्रभावशाली ढंग से बताया था।...तब मेरे मन में गरीबी के प्रति ऐसी नफरत पैदा हुई, जिसने मुझे जिन्दगी - भर गरीबों की खातिर लड़ने के लिए प्रेरित किया।

जब मैं छोटा-सा बुज़दिल-सा लड़का था, तो मैं अपने को एक अजेय योद्धा के रूप में लोगों के सामने पेश किया करता था। एक बार जब मैं अपने माता-पिता के साथ नाटक देखने गया, तो मुझे जितना नाटक अच्छा लगा, उतनी ही दिलचस्प लगी एक्टरों की तलवारें। फिर मैं सभी लड़कों की तरह सोचने लगा कि बड़ा होने और बहुत-से पैसे पाने पर क्या खरीदूंगा, तो जवाब मिला कि सबसे पहले रिवाल्वर खरीदूंगा। सन् १९१४ में जब मैं उनसठ साल का था, मुझे यह देखकर हैरानी हुई कि तब भी हथियारों और लड़ाई के प्रति हलकी-सी दिलचस्पी मुझमें कायम थी।

अपने बचपन में मझे अमानषिक और बेतकी रस्मों का शिकार होना पड़ा। था। प्रत्येक इतवार की सुबह को मुझे गिरजे में जाने के लिए बाधित होना पड़ता। अंधेरे, घुटन-भरे गिरजे में बेहतरीन कपड़े पहनकर, मन मारे बैठे रहना और फिर उस अस्वाभाविक नीरवता में अंगों का दुखने लगना और मन में कई किस्म के विचार और कल्पनाओं का उठना, और साथ ही गुनाह का एहसास पैदा होना—यह सब किसी भी कोमलहृदय लड़के पर प्रतिकूल असर डाल सकता है। बड़ा होने पर जब वह अपनी मर्जी का मालिक होगा, तो अपनी आजादी का पहला फायदा यह उठाएगा कि गिरजे में जाना बन्द कर देगा। पिछले पचीस सालों में मैं गिरजे में सात बार से ज्यादा नहीं गया हूं, और न मैं भविष्य में गिरजे में जाकर अपनी उदास यादों और आक्रोश-भरी भावनाओं को फिर से जगाना चाहता हूँ।

मैंने कभी संघर्ष नहीं किया। मैं संघर्ष करने में असमर्थ था और आज भी असमर्थ हूं। मेरी यह असमर्थता एक तरह की कायरता है। मैं लिख सकता था, और रोज लिखा करता था। मैं वक्ता बन सकता था और इस प्रकार अपने विचारों का प्रचार कर सकता था। मगर हालत यह थी कि अपने परिवार की रोज़ाना रोटी

के लिए भी संघर्ष करना मेरे लिए संभव नहीं था। इस सिलसिले में मेरा आलस्य लाजवाब था। मैं लेखक या वक्ता बनकर ही सब कुछ करने की सामर्थ्य पाना चाहता था।

जार्ज बर्नार्ड शॉ को अपनी कृतियों की फिल्म बनवाने से कुछ चिढ़-सी थी। इस सम्बन्ध में कुछ-कम्पनियों ने बार-बार आग्रह कर उनको जब बहुत परेशान किया, तो उन्होंने एक कम्पनी को लिख भेजाः

"आप मेरी किसी भी रचना की फिल्म बना सकते हैं, किन्तु उसके लिए आपको प्रत्येक रचना पर एक-एक लाख पौड मुझे देने होंगे!"

एक दूसरी फिल्म-कम्पनी को उन्होंने लिखा—"ठीक है, आप मेरी रचनाओं की फिल्म बनाइए, किन्तु प्रत्येक फिल्म का एक ऐसा संस्करण भी आपको तैयार करना पड़ेगा, जिससे अंधों और बहरों का भी मनोरंजन हो सके।"

एक बार लड़कियों के किसी क्लब ने सुप्रसिद्ध अंग्रेज़ नाटककार जार्ज बर्नार्ड शॉ को एक पत्र लिखकर उनकी 'द इंटेलिजेंट वीमेंस गाइड' पुस्तक की एक प्रति उपहार में मांगी। उस पत्र के उत्तर में शॉ ने लिखा—"आपका पत्र पाकर मैं सचमुच चिंतित हो उठा हूं। मेरे ख्याल में, जो महिला क्लब मात्र साढ़े बारह शिलिंग देकर मेरी एक पुस्तक नहीं खरीद सकता, उसे ज़िदा रहने का कोई अधिकार नहीं है।"

कुछ दिनों बाद, क्लब का एक पत्र उन्हें फिर मिला। उसमें लिखा था— "पत्र के लिए धन्यवाद! आपके पत्र के बदले दूकानदार से हम लोगों ने आपकी उक्त पुस्तक की एक प्रति प्राप्त कर ली है।"

शॉ ने तुरन्त ही पत्र का उत्तर लिखा—“सचमुच लडकियां मुर्ख होती हैं! मेरे उस पत्र से पचास पौंड मिल सकते थे, जबकि उसे आपने साढ़े बारह शिलिंग में ही बेच दिया और उतने पर ही खुश हो रही हैं।”

बर्नार्ड शॉ ने एक चित्रकार को अपना चित्र बनाने को कहा और यह भी वादा किया कि चित्र अच्छा बन जाए, तो सौ पौंड देंगे। चित्रकार ने सुन्दर ढंग से उनका चित्र बनाकर भेज दिया। शॉ को भी वह पसन्द आ गया। उन्होंने तुरन्त बीस-बीस पौंड के पांच चेक चित्रकार के नाम काटे और उसकी तारीफ में एक पत्र भी लिखकर डाल दिया।

दूसरे दिन वह चित्रकार शॉ के पास आया और बोला—“पांच-पांच चेक काटने की क्या जरूरत थी? एक ही चेक दे सकते थे।”

“तुमने अभी चेक नहीं भुनाया न?” शॉ ने पूछा।

“नहीं।”

अच्छा किया तुमने। चेक न भुनाओ। इससे तुम्हारा भी फायदा है और मेरा भी। क्योंकि मैं अपने एक-एक हस्ताक्षर के एवज में अपने प्रेमियों से तीस-तीस पौंड लेता हूं। तुम वे पाँचों चेक मेरे उन प्रेमियों को बेच दो। तुम्हें सौ के बदले डेढ़ सौ पौंड मिल जाएंगे। इस तरह से पचास पौड का तुम्हें मुनाफा हुआ न?”

“सो ठीक है। इससे आपको क्या फायदा होगा?”

“यही कि मेरे वे प्रेमी चेक को पौंड में नहीं बदलेंगे। मेरे हस्ताक्षर को सुरक्षित रखने के लिए चेक को सुन्दर फ्रेम से मढ़ देंगे। इस तरह से मेरे पूरे के पूरे सौ पौंड बच जाएंगे।

जार्ज बर्नार्ड शॉ को एक बार पुरानी किताबों की एक दूकान में अपनी एक पुस्तक बिक्री के लिए रखी दिखाई पड़ गई। उस किताब के एक पृष्ठ पर स्वयं उन्हींकी लिखावट में लिखा हुआ था-'शुभ कामनाओं के साथ।› जार्ज शॉ को शीघ्र ही याद पड़ गया कि काफी दिन पूर्व उन्होंने यह पुस्तक अपने एक घनिष्ठ मित्र को भेंट की थी। अपने उस मित्र की कृतघ्नता पर कटाक्ष करने के लिए उन्होंने वह पुस्तक खरीद ली और उसे अपने मित्र के पास, 'दुहराई गई शुभकामनाओं के साथ› लिखकर भिजवा दिया।

राबर्ट लुई स्टीवेंसन

विख्यात कवि-लेखक राबर्ट लुई स्टीवेंसन जलवायु-परिवर्तन और स्वास्थ्य-सुधार के लिए सामोआ टापू में जा बसे थे। टापू के लोग उन्हें बहुत चाहते थे। उनकी दृष्टि में वे सुन्दर कथाएं सुनाने वाले कथाकार थे... उससे भी बढ़कर वे उनके स्नेही मित्र थे।

टापू के लोगों को बंदरगाह से साधन-सामग्री गांव लाने में एक संकरे ऊबड़-खाबड़ रास्ते से आना-जाना पड़ता था, जिससे उन्हें बड़ी कठिनाई होती थी। स्टीवेंसन ने यह देखकर अपने पैसे से उस मार्ग को पक्का करा दिया। इस उपकार के प्रति आभार जताने के लिए सामोआवासियों ने उस रास्ते का नाम 'प्रेमी हृदय का मार्ग› रख दिया।

हेमिंग्वे

साहित्य का नोबल पुरस्कार स्वीकार करते समय हेमिंग्वे ने यह वक्तव्य दियाः

"सच कह दूं, नोबल पुरस्कार के रूप में जो सम्मान मुझे दिया जा रहा है, उसका उपयुक्त पात्र अभी मैं नहीं बन पाया हूँ। किन्तु फिर भी,पूरी श्रद्धा से इस सम्मान को नमस्कार करके, मैं अपने इस संकल्प को और भी सक्रिय बनाने की प्रतिज्ञा करता हूं कि मैं अपनी लेखनी के द्वारा मानव-जाति को और भी अधिक आत्म-शौर्य, आत्म- सौंदर्य एवं आत्म-श्रेय की ओर ले जाने की कोशिश करूंगा। मेरे जैसे अयोग्य-अपात्र व्यक्ति को नियति ने यह प्रतिष्ठा देकर मुझे भी

बलात् उन स्वयंप्रकाशी मनीषी प्रहरियों की कतार में ला खड़ा कर दिया है, जो सदैव मानव-गौरव के रक्षक रहे हैं और जिन्होंने अपराजित मनुष्य को अभी पराजित नहीं होने दिया है। मुझे डर है कि नियति की यह भूल कहीं दुनिया पर स्पष्ट न हो जाए!"

मेरे पिता गोली से आत्महत्या करके मरे थे। उन्होंने विरासत में मेरे लिए पचास हजार डालर छोड़े थे। अपने उपन्यास 'फार हूम द बेल टाल्स' में मैंने इस बारे में एक पैरा लिखा है। यह लिखने के लिए मुझे अपने पिता की आत्महत्या वाली बात का सामना करना पड़ता था। और यह सामना करने के लिए मुझे बीस साल लगे थे।

जो बात मुझे सबसे ज्यादा तंग करती थी, वह यह थी कि मैंने अपने पिता को एक पत्र लिखा था। वह पत्र उस दिन भी मेरे पिता की मेज पर बंद पड़ हुआ था जिस दिन उन्होंने खुद को गोली मारी थी। मेरा खयाल है कि अगर वे उस पत्र को खोलकर पढ़ लेते तो आत्महत्या न करते।

इस घटना के कई साल बाद एक दिन मुझे अपनी मां की ओर से एक पार्सल मिला। उसमें वह पिस्तौल थी जिससे मेरे पिता ने आत्महत्या की थी। पार्सल के साथ मां का एक छोटा-सा पत्र भी था, जिसमें लिखा था—"इस पिस्तौल को शायद तुम अपने पास रखना चाहोगे।" पिस्तौल मैंने अपने पास रख ली थी। तब मैं यह समझ नहीं पा रहा था कि वह किसी बात का अच्छा शकुन है या बुरा, अथवा भविष्य की किसी घटना की ओर संकेत॥

नोटः हेमिंग्वे ने खुद भी को गोली मारकर आत्महत्या की थी।

बर्ट्रेंड रसल

तीन सरल, किंतु प्रबल आवेगों ने मेरे जीवन का शासन किया है—प्रेम की साध, ज्ञान की खोज और मानव-जाति के दुःख-दर्द के लिए असहनीय करुणा। इन आवेगों ने ज़बर्दस्त आंधियों की तरह मुझे अनिश्चित राहों पर, वेदना के गहरे सागर पर इधर से उधर भटकाया है, बहुधा निराशा के ठेठ कगार तक पहुंचाया है।

मैंने प्रेम को ढूंढा है। प्रथमतः इसलिए कि वह आह्लाद देता है ऐसा परम आह्लाद कि बहुधा मैं चंद घंटों के उस आनंद के लिए शेष सारे जीवन की कुर्बानी चढ़ाने को तैयार हो गया हूं।दूसरे, मैंने प्रेम को इसलिए ढूंढ़ा है कि वह एकाकीपन से राहत देता है—उस भयंकर एकाकीपन जिसमें अकेली कांपती हुई चेतना विश्व के कगार पर से ठंडे, अथाह, निष्प्राण गर्त को ताका करती है।और अंततः मैंने उसे इसलिए ढूंढ़ा है कि प्रेम-मिलन में मुझे, मानो रहस्यमय मिनिएचर में, उस स्वर्ग का पूर्वाभास मिला है जिसकी कल्पना संत और कवि करते आए हैं

तो यह है जो मैंने ढूंढ़ा, और यद्यपि मनुष्य-जीवन में यह अविश्वसनीय सौभाग्य प्रतीत हो सकता है, यह है जो आखिरकार मैंने पाया।

उतने ही आवेग के साथ मैंने ज्ञान को ढूंढ़ा है। मैंने चाहा है कि मनुष्यों के हृदयों को समझूं। मैंने जानना चाहा है कि तारे क्यों चमकते हैं। मैंने उस पीथागोरीय शक्ति को पाने का यत्न किया है जिसके द्वारा संख्या सतत्-परिवर्ती सृष्टि-प्रवाह पर शासन करती है। इसका कुछ अंश, ज्यादा नहीं, मैंने हस्तगत किया है।

प्रेम और ज्ञान, जितना भी मिल पाए, मुझे ऊपर स्वर्ग की ओर ले गए। किंतु करुणा हर बार मुझे पृथ्वी पर लौटा लाई। अकाल-ग्रस्त बच्चे, आततायियों की यंत्रणाओं से कुचले गए मानव, अपने ही बेटों द्वारा बेकार का बोझ समझे जाने वाले बेबस बूढ़े और तमाम तन्हाई, गरीबी और दर्द-इनसे जीवन विद्रूप बन गया है। मैं बुराई को हलका करना चाहता हूं, किन्तु कर नहीं पाता हूं, और। दर्द भोगता हूं।

यह रहा है मेरा जीवन। मैंने इसे जीने योग्य पाया है। अगर मुझे अवसर दिया जाए तो मैं बड़ी प्रसन्नता से इसे फिर से जीऊंगा।

एक बार पांडिचेरी के अरविंदाश्रम के संगीतज्ञ श्री दिलीपकुमार राय ने बर्ट्रेंड रसल से भेंट की। राय ने उन्हें अपना परिचय देते हुए, अपनी कई पीढ़ियों का

गौरव से भरपूर इतिहास सुनाया। यह बात रसल को अच्छी नहीं लगी, तो उन्होंने कहा—"हमें अपने पूर्वजों की प्रशंसा एक सीमा तक ही करनी चाहिए—यह ठीक भी लगता है। यदि हम प्रशंसा करते चले जाएंगे, तो अन्त में वहीं पहुंच जाएंगे जहां हमारे वानर पूर्वज थे।"

जुले वर्न

एक दिन जुले वर्न अपने एक मित्र से मिलने गए। मित्र घर पर नहीं थे, इसलिए वे प्रतीक्षा-कक्ष में बैठकर उनकी बाट देखने लगे। वहीं एक दूसरे व्यक्ति। भी बैठे थे। जब उन्हें पता चला कि सामने बैठे हुए सज्जन प्रसिद्ध लेखक जुले वर्न हैं, तो वे उन्हें आराम पहुंचाने के लिए चिंतित हो उठे और कहने लगे—"वर्न महोदय! आप थके-मांदे होंगे। आराम से बैठिए। आप कितने दुस्साहसी हैं! कैसी खतरनाक यात्राएं करते रहते हैं!" उन सज्जन को इस बात का पता नहीं था कि वर्न महोदय ने अपने सारे उपन्यास एक बंद कमरे में बैठकर ही लिखे थे और वास्तव में ऐसे यात्रा-भीरु थे कि शायद ही कभी सौ मील से अधिक का सफर किया होगा।

जेम्स थर्बर

जब जेम्स थर्बर की कहानी पर बनी फिल्म 'वाल्टर सिटी' हिट हुई, तो निर्माता गोल्डविन ने उन्हें बुलाने के लिए लिखा—"मैं आपको प्रति सप्ताह पांच हज़ार डालर देने को तैयार हूं।" थर्बर न्यूयार्कर› में काम करते थे। उन्होंने उत्तर दिया—" धन्यवाद! नहीं आ सकता। न्यूयार्कर के संपादक मिस्टर रास ने मेरी तनख्वाह पांच हज़ार डालर प्रति सप्ताह कर दी है।"

गोल्डविन राशि बढ़ाते-बढ़ाते पच्चीस हज़ार डालर प्रति सप्ताह पर पहुंचे, पर थर्बर ने उत्तर दिया—"रास ने मेरी तनख्वाह पच्चीस हज़ार डालर प्रति सप्ताह कर दी है।" अन्त में गोल्डविन ने लिखा—"क्षमा कीजिए, अब मैं आपको प्रति सप्ताह पन्द्रह हजार डालर से अधिक नहीं दे सकता।" मि. थर्बर ने उत्तर में निवेदन किया—"धन्यवाद! रास ने भी मेरी तनख्वाह में इतनी ही कटौती कर दी है।"

फील्डिग

ज़माना द्वंद्वयुद्ध का था। द्वंद्वयुद्ध होते, फिर खुशी में नाच-गाने के साथ पार्टी दी जाती। ऐसी ही एक पार्टी में एक रईस ने इंग्लैंड के विख्यात उपन्यासकार फील्डिंग को भी आमंत्रित कर लिया। अन्य जनों के साथ किसी साहित्यकार को भी बुला लेना उस काल के रईयों का फैशन था। अच्छी भीड़ हो जाने पर भी लोगों को मज़ा नहीं आ रहा था। एक तो खाना दो कौड़ी का, फिर शराब भी निहायत घटिया और बेज़ायका थी। मगर ज़मींदार के डर से कोई कुछ कहता न था। जब वह रईस फील्डिंग के नज़दीक आया, तो वे बोल उठे–"आपने उसे मारने की ज़हमत बेकार ही मोल ली।"

"और क्या करता! दूसरा चारा ही क्या था?" रईस ने कहा।

"अरे साहब, आज उसे भी दावत में बुला लेते।" फिल्डिग का यह कहना था कि खामोशी टूट गई। ठहाके गूंज उठे।

ग्रेबियल

इटली के महाकवि ग्रेबियल द' ऐंजियोनी के पास एक तार आया। उस तार पर पता लिखा था—इटली के महान कवि...।' डाकिया जब तार लेकर कवि ग्रेबियल के पास पहुंचा तो कवि की नज़र पते पर पड़ी। उन्होंने इस तार को नहीं लिया और इसे लौटाते हुए डाकिये से बोले—"यह तार मेरा नहीं हो सकता; क्योंकि इस पर 'इटली के महान कवि... लिखा है और मैं तो इटली का ही क्यों, संपूर्ण जगत् का महान कवि हूं।"

हैरिएट एलिज़ाबेथ

'टाम काका की कुटिया' की सुविख्यात लेखिका हैरिएट एलिज़ाबेथ स्टोव घर का सारा काम स्वयं करती थीं। गृह-कार्य में निपुण होने के साथ ये लेखिका भाषण की कला में भी निपुण थीं। उनके पति उनके इन्हीं गुणों पर मुग्ध थे। उन्होंने एक बार अपनी पत्नी से कहा—"तुम्हारे जैसी अन्य स्त्री इस संसार में न होगी! इतनी मेहनती और कमखर्च और कौन होगी? तुम-सी अन्य स्त्री कहां

मिलेगी, जिसमें ऐसी वक्तृत्वकला हो, पर जो कभी फटकारती न हो और जिसमें मधुरता के साथ इतनी दृढ़ता भी हो।"

स्टोव ने विनम्रता के साथ कितना विवेकपूर्ण उत्तर दिया—"तुम पहले से ही मेरे पति न होते और मैं तुमसे परिचय-संपर्क में आई होती, तो निश्चय ही तुम्हारे इन गुणों पर रीझकर मैं तुम्हारे प्यार में फंस जाती।"

एडिसन

एक बार एक स्त्री एडिसन के सामने एक कागज़ रखकर बोली, "मेरे बेटे के लिए इसपर कोई नसीहत लिख दीजिए।"

एडिसन ने लिखा—"काम के समय कभी घड़ी न देखो।"

विख्यात आविष्कारक टामस आल्वा एडिसन काम करते हुए कभी थकावट या उकताहट महसूस नहीं करते थे।

उनके अस्सीवें जन्मदिन पर एक मित्र ने उन्हें सलाह दी—"अब तो आपको काम की रफ्तार कम कर देनी चाहिए और मन-बहलाव के लिए कोई 'हाबी' अपनानी चाहिए। भला आप 'गोल्फ› खेलना शुरू क्यों नहीं करते?"

"मैं अभी इतना बूढ़ा नहीं हुआ हूं।" एडिसन ने सहज भाव से उत्तर दिया।

आइंस्टीन

आइंस्टीन अपनी प्रयोगशाला में बैठे किसी गम्भीर गुत्थी में उलझे थे कि नाक- भौं सिकोड़ती उनकी पत्नी ने आकर कहा—"आपने यह नया नौकर भी क्या रखा है, बिलकुल गधा है। उसे तुरन्त निकाल देना चाहिए।"

अपने विचारों में डूबे ही डूबे आइंस्टीन ने कह दिया—"ठीक है।"

पत्नी चली गई; लेकिन तभी दूसरे दरवाजे से क्षुब्ध-क्रुद्ध नौकर आया—"प्रोफेसर! आपकी पत्नी में तो नाममात्र की भी मनुष्यता नहीं है। ...."

बात खत्म भी नहीं हो पाई थी कि आइंस्टीन बोल पड़े—"ठीक है।"

बाहर बरामदे में बैठी पत्नी ने यह सुन लिया। आवेश से तिलमिलाती हुई वह कमरे में झपटी—"प्रोफेसर! तुम नौकर के सामने मेरा अपमान कर रहे हो ... तुम पागल तो नहीं हो गए हो?"

आइंस्टीन ने इस बार भी उसी विश्वास के साथ कहा—ठीक है।"

सुनकर पत्नी और नौकर ने परस्पर एक-दूसरे की ओर साश्चर्य देखा, तो दोनों की हंसी लाख रोकने पर भी नहीं रुक सकी।

एक बार की बात है। एक छोटी लडकी प्रतिदिन तीसरे पहर आइंस्टीन से मिलने आया करती थी। एक दिन उस लड़की की मां ने क्षमा-प्रार्थना की मुद्रा में कहा—"मैं लज्जित हूं कि मेरी बच्ची आपको नित्यप्रति परेशान किया करती है।

"नहीं! नहीं!" आइंस्टीन ने कहा—"आप चिंता न करें। मुझे उसके साथ समय बिताने में बड़ा आनन्द आता है।"

लड़की की मां ने सानुरोध कहा—"यह तो आपकी महानता है। भला आठ वर्ष की बच्ची ७५ वर्षीय आप जैसे सज्जन पुरुष को तंग करने के सिवा और क्या कर सकती है?"

"बहुत कुछ।" विश्व के महान वैज्ञानिक के चेहरे पर बाल-सुलभ मुस्कान फूट पड़ी—"मैं उसके गणित के सवाल हल कर दिया करता हूं और वह मुझे चाकलेट देती है। मुझे चाकलेट बहुत पसन्द हैं।"

कोलम्बिया के सुप्रसिद्ध साहित्यकार डा. फ्रैंक आयडेलॉटे ने एक बार आइंस्टीन के सम्मान में एक प्रीति-सम्मेलन का आयोजन किया। आइंस्टीन से जब उपस्थित मेहमानों के सम्मुख कुछ बोलने का आग्रह किया गया तो वे उठ खड़े हुए— "सज्जनो! मुझे बड़ा खेद है कि मेरे पास आप लोगों से कहने के लिए अभी कुछ भी नहीं है।"

इतना कहकर वे अपनी जगह पर आ बैठे। मेहमानों में असंतोष की एक तीव्र लहर दौड़ गई। आइंस्टीन ने इसे लक्ष्य किया और वे पुनः मंच पर पहुंचे— "मुझे क्षमा कीजिएगा, जब भी मेरे पास कहने के लिए कुछ होगा, मैं स्वयं आप लोगों के सम्मुख उपस्थित हो जाऊंगा!"

छः वर्ष बाद डा. आयडेलॉटे के पास आइंस्टीन का एक तार आया—'बंधु, अब मेरे पास कुछ कहने के लिए है।"

शीघ्र ही, दूसरे प्रीति-सम्मेलन का आयोजन हुआ। किन्तु इस बार आइंस्टीन ने अपनी 'क्वांटम-थ्योरी' समझानी शुरू की, जिसका एक अक्षर भी किसी व्यक्ति की समझ में न आया।

माइकेल फैरेडे

बिजली के आविष्कारक प्रख्यात वैज्ञानिक माइकेल फैरेडे जब रायल एकेडेमी में बिजली-सम्बन्धी अपने कुछ सफल प्रयोग दिखा चुके, तो एक महिला ने पूछा—"आपने अपने प्रयोगों का प्रदर्शन किया, ठीक है; आपको सफलता मिली, यह भी ठीक है; पर मैं पूछती हूं कि इन सबसे लाभ क्या है?"

फैरेडे ने तुरन्त उत्तर दिया—"मैंने अपने प्रयोगों का प्रदर्शन किया, यह ठीक है; आपने पूछा,इन सबसे लाभ क्या है, यह भी ठीक है; पर मैं पूछता हूं,श्रीमतीजी,। नवजात शिशु से क्या लाभ होता है?"

यह सुनते ही महिला शर्म से गड़ गई।

चार्ली चैपलिन

विख्यात हास्य-अभिनेता चार्ली चैपलिन का पुत्र बीमार था। डाक्टर ने उसे दवा तो दी, पर साथ ही यह भी कहा कि उसकी बीमारी कुछ इस किस्म की है। कि दवा से भी ज्यादा उसे मनोविनोद की आवश्यकता है; उसके पास हरदम कोई ऐसा व्यक्ति रहना चाहिए, जो उसे हंसाता रहे। चैपलिन ने अपने एक मित्र को बुला लिया, जो खुद हास्य-अभिनेता था। यह व्यक्ति चैपलिन के बेटे के पास रहकर उसका मनोरंजन करता रहा।

एक दिन किसीने चैपलिन से पूछा—"आप खुद इतने बड़े हास्य-अभिनेता हैं, फिर दूसरे को बुलाने की क्या ज़रूरत पड़ी?" चैपलिन का उत्तर था—"मैं एक दिन की शूटिंग के हज़ारों डालर लेता हूं। बेटे के पास बैठूंगा, तो व्यर्थ में इतना इतना नुकसान होगा। मेरा मित्र तो मित्रता की खातिर ही मेरे लिए यह कर सकता है।"

अल्बर्ट वाइज़र

हैनोवर (जर्मनी) में मेरे एक मित्र छोटा-सा कहवाघर चलाते थे। रोज वे गौरैयों के लिए डबलरोटी के टुकड़े डाला करते थे। उन्होंने देखा कि एक गौरैया लंगड़ी होने के कारण ठीक से फुदक नहीं पाती। लेकिन उन्हें यह देखकर बड़ा विस्मय हुआ कि दूसरी सब गौरैयां, उस लंगड़ी गौरैया के आसपास के टुकड़ों को नहीं छूती थीं, ताकि वह निर्विघ्न अपना पेट भर सके।

लार्ड नार्थक्लिफ

लार्ड नार्थक्लिफ की गणना संसार के सबसे सफल पत्रकारों में की जाती है। वे योग्य से योग्य पत्रकारों को अपने यहां रखा करते थे। अपनी पुस्तक 'फ्लीट स्ट्रीट एंड डाउनिंग स्ट्रीट› में उन्होंने पत्रकार पेशे के बारे में लिखा है:

"स्वतंत्र पत्रकार का पेशा बिलकुल ऐसा है, जैसे किसी को पहिये से बांधकर उसकी हड्डी-पसली तोड़ देना। अगर एक लेख छपता है, तो दो अस्वीकृत हो जाते हैं, और कितने ही लेख संपादकों की दराज में पड़े रहते हैं। कुछ दफ्तरों

से पारिश्रमिक मिलना ही कठिन हो जाता है। जब पारिश्रमिक की याद संचालक को दिलाई जाती है, तो याद नहीं रहा› और 'भूल गए' इत्यादि उत्तर आते हैं, और जितना समय लेख लिखने में नहीं लगता, उतना मज़दूरी वसूल करने में लग जाता है।"

किसी ऐसे पत्रकार को, जो अपने पेशे पर गर्व करता है, जब पता चलता है कि जनता की क्षण-क्षण बदलने वाली रुचि के अनुकूल लिखना ही इस पेशे में सफलता की कुंजी है, तो उसका दिल बड़ी जल्दी टूट जाता है।"

पिकासो

प्रसिद्ध चित्रकार पिकासो से एक मित्र मिलने आए। वे अगले सप्ताह ही अमरीका जा रहे थे। कुशल-क्षेम व औपचारिक वार्तालाप के बाद पिकासो स्वाभाविक मनोरंजन पर उतर आए। उन्होंने एक तार लिया और उसे मोड़-माड़कर आकृति का रूप देने लगे। आखिर एक अटपटी चीज़ बन ही गई। अपने मित्र के हाथों में उसे थमाकर उन्होंने कहा—"लो, इसे किसी भी धनी अमरीकी को बेच देना और कहना कि यह पिकासो की कलाकृति है। यदि मुंहमांगा दाम न मिले तो मुझे कहना।"

रोम के एक कुशल चित्रकार ने अपनी श्रेष्ठ कृति चौराहे पर लटका दी और नीचे यह नोट लिख दिया–"कला-मर्मज्ञ इसमें जहां खामी हो, वहां चिह्न लगा दें।" सायंकाल तक सारा चित्र बिंदु-चिहों से इस तरह ढंक गया, मानो चित्र न हो आकाश के असंख्य तारे हों। निराश चित्रकार ने अगले दिन दूसरा चित्र इस नोट के साथ लटकाया—"इस चित्र में जो कमी रह गई हो उसे सुधार दें।" चित्र एक सप्ताह तक ज्यों का त्यों लटका रहा। उस पर कहीं भी कोई चिह्न या रेखा खिंची हुई नहीं मिली।

एक समय था, जब रूस में बड़े-बड़े रंगीन फोटो जैसे चित्र बनाने का रिवाज चला था। उन दिनों लेनिनग्राड का एक नौजवान चित्रकार पिकासो से मिला, तो उनमें इस प्रकार बातचीत हुई:

पिकासो—क्या आपके देश में रंग बिकते हैं?

चित्रकार—बेशक, हर जगह बिकते हैं।

पिकासो—किस शक्ल में?

चित्रकार—ट्यूबों में।

पिकासो—ट्यूबों पर क्या लिखा होता है?

चित्रकार—रंगों के नाम; भला और क्या लिखा हो सकता है?—नीला, पीला, आसमानी, लाल, जामनी।

पिकासो—दरअसल आपकी फैक्टरियों को अलग-अलग रंग बनाने के बजाय मिश्रित रंग बनाने चाहिए और ट्यूबों पर लिखना चाहिए—चेहरे के लिए, बालों के लिए, फौजी वर्दी के लिए। इससे आपको चित्र बनाने में ज्यादा सहूलियत होगी।

—ईलिया एहरनबर्ग

लार्ड बीवरब्रुक

लार्ड बीवरब्रुक ('डेली एक्सप्रेस के मालिक) से मुझे जैसी शिक्षा मिली, वैसी शिक्षा पैसों से नहीं प्राप्त की जा सकती। अड़ियल घोड़े से वे कोई वास्ता, नहीं रखते थे। पर रज़ामंद घोड़ों को वे चाबुक मारकर, चारा खिलाकर, एड़ लगाकर, खुरेरी फेरकर ऐसा प्रशिक्षित कर देते थे कि तांगे का टट्टू रेस का घोड़ा, बन जाता था। अड़ियल घोड़े अपनी राह चलते रहते या रफा-दफा कर दिए। जाते।

बीवरबुक के अधीन काम करते हुए शुरू के उन दिनों कितनी बार आंखों में आंसू छलक आते थे। कितनी बार ऐसा हुआ कि खून-पसीना एक करके मैंने जो लेख लिखा था, वह उनके छोटे-छोटे लेकिन अपार शक्तिशाली हाथों में है, और फिर एक-एक मेरे लेख के पन्ने फर्श पर गिरते जा रहे हैं।

मुझे याद आता है कि 'एक्सप्रेस› में काम करते हुए पहले साल मेरे जो भी लेख उसमें छपे, वे सब मैंने कम से कम चार-चार बार लिखे थे। और उन लेखों की संख्या पता नहीं कितनी है, जो दस-दस बार फिर से लिखे गए और फिर भी छापे में नहीं आए।

लार्ड बीवरब्रुक (समूचे लेख को सावधानी से पढ़ लेने के बाद, चश्में में से झांकती हुई नीली-नीली आंखों से मुझे गौर से देखते हुए)—पीटर, क्या यह लेख तुमने लिखा है?

मैं—(आशापूर्वक) जी, मैंने लिखा है।

लार्ड बीवरब्रुक—क्या सारा लेख बिना किसी की मदद के तुमने स्वयं लिखा है?

मैं—(प्रसन्नतापूर्वक) जी हां।

लार्ड बीवरब्रुक (लेख को फर्श पर डालते हुए) देखो पीटर, तुम जैसों से मैं ऐसे लेख की आशा नहीं करता था। निहायत रद्दी लेख है। अब ऊपर जाओ। वहां टाइपराइटर रखा है। सारा लेख नये सिरे से लिख लाओ।

—पीटर होवर्ड

एल्मर व्हीलर

जेरुसलम में सड़कों पर घूमते हुए मैंने हर एक अरब के हाथ में मनकों की माला देखी। एक दिन मैंने हन्ना नाजल से पूछा कि क्या ये जपमालाएं हैं?

बोलीं—"नहीं, यह चिंता के मनकों की मालाएं हैं। अरब लोग उठते-बैठते, चलते-फिरते माला हाथ में पकड़े उसके मनके फिराते रहते हैं। तनाव और बेचैनी दूर करने के लिए वे ऐसा करते हैं। चिंता का काम वे मनकों पर डाल देते हैं। पश्चिम के लोग अपनी घबराहट या बेचैनी दूर करने के लिए किसी भी चीज़ पर अपनी उंगलियां खटखटाने लगते हैं। अरबी लोग उंगलियां खटखटाने के बजाय मनके फिराने लगते हैं। इससे उनका तनाव कम हो जाता है। साथ ही, वे कुछ सोचने भी लगते हैं, सो वे अपनी कोई न कोई समस्या हल कर लेते हैं, और आगे बढ़ने के लिए तैयार हो जाते हैं।"

चिंता के मनकों की यह खूबी मुझे बहुत भा गई। मैंने खुद एक माला खरीदी और पाया कि सचमुच वह तनाव दूर कर सकती है।

अलेक्जेंडर व्हाइट

एडिनबर्ग के प्रसिद्ध धर्मोपदेशक डा. अलेक्ज़ेंडर व्हाइट जब कभी प्रार्थनासभा में आते हैं, तो प्रार्थना आरम्भ करने के पहले किसी न किसी बात के लिए। परमात्मा को धन्यवाद अवश्य दे देते हैं। एक बार जब वे सुबह की प्रार्थना-सभा। में आए तो उस वक्त भयंकर सर्दी पड़ रही थी। बहुत-से लोग ठंड से ठिठुरते। हुए परमात्मा को कोस रहे थे। स्वयं डा. व्हाइट भी कांप रहे थे। लोगों ने सोचा–आज डा. व्हाइट को परमात्मा को धन्यवाद देने लायक कोई बात नहीं। मिल सकेगी। पर, डाक्टर ने सदा की भांति प्रार्थना आरम्भ करने के पहले आकाश की ओर हाथ उठाकर कहा—"हे प्रभु! तुझे हम किन शब्दों में धन्यवाद दें कि तू हमेशा मौसम खराब नहीं रखता!"

अर्विन स्ट्रिट्मैटर

हर साल मेरे दादाजी खरबूज़ों की फसल लगाते थे। सर्दियों के दिनों में खरबूज़े पक जाते। कई बार राह चलते लोग खेत में घुस जाते और खरबूज़े तोड़कर ले जाते थे। दादाजी तंग आ गए थे। सो एक साल उन्होंने खरबूज़ों की रखवाली के लिए खेत में सोने का फैसला किया।

यह बात मेरी दादी को पसन्द नहीं थी। उसने ज़िद्द की और अपने पति को घर में सोने के लिए मजबूर किया। दादाजी लाचार थे। लेकिन खरबूज़ों को चोरी होने से कैसे बचाया जाए? आखिर उन्होंने एक तरकीब सोची। एक चाकू लेकर उन्होंने सभी खरबूजों पर लिखा-दादा की बाडी से चुराया।

खरबूज़े बड़े होते गए, पीले होते गए। साथ ही उनपर लिखे हुए शब्द 'दादा की बाड़ी से चुराया' भी बड़े होते गए। चोरों ने खरबूजों पर ये शब्द देखे तो उन्हें तोड़ न पाए। दादाजी के शब्दों में तावीज़ वाला जादू आ गया था।

ब्रैडमैन

डान ब्रैडमैन क्रिकेट के बेताज बादशाह कहे जाते हैं। वे १९२८ से लेकर १९४८ तक टेस्ट क्रिकेट खेले और उनका टेस्ट-औसत था—९९९४ रन प्रति पारी।

साधारणतः बीस-पच्चीस या उससे अधिक टेस्ट मैच खेलने वाले बल्लेबाज़ का औसत अगर ५० रन प्रति पारी के आसपास बना रहे, तो उसे बहुत सफल खिलाड़ी माना जाता है।

ब्रैडमैन का हर कारनामा कालजयी चर्चा का विषय बन चुका है। जब वे पिच पर हों, तो उनका शतक तो सबका ध्यान खींचता ही था, उनके शून्य पर आउट हो जाने को भी मोटी-मोटी सुर्खियों में छापा जाता था।

एक बार ब्रैडमैन की एक पारी दो दिन चलती रही और उन्होंने बड़ी रन-संख्या खड़ी कर दी। फिर वे आउट हुए। अगले दिन एक समाचारपत्र में उस मैच के विवरण पर बड़े टाइप में केवल इन शब्दों की सुर्खी दी गई थी—'ही इज़ आउट!' (वे आउट हो गए हैं।)

क्रिस्टोफर रेन

अपने समय के सबसे बड़े इंजीनियर सर क्रिस्टोफर रेन ने जब इंग्लैंड के सेंट पाल गिरजाघर का नक्शा पेश किया तो पादरियों ने उसे यह कहकर अस्वीकृत कर दिया कि गिरजे के विशाल गुम्बद का बिना किसी स्तम्भ के सहारे टिके रहना असंभव है। रेन ने उन्हें लाख समझाया, पर वे न माने। निदान रूप में उन्हें स्तम्भ खड़ा करना पड़ा।

कुछ अरसे बाद सफाई करने वाले गुम्बद के ऊपर गए तो उन्होंने देखा—गुम्बद बिना स्तम्भ के सहारे खड़ा है। उसके और स्तम्भ के बीच एक इंच का फ़ासला है। वस्तुतः क्रिस्टोफर रेन ने यह स्तम्भ अनाड़ी पादरियों का मन रखने के लिए ही खड़ा कर दिया था।

बायट्लर

प्रसिद्ध शल्य-चिकित्सक बायट्लर जितने मालदार थे, उतने ही कंजूस भी थे। एक बार उनकी लड़की बीमार पड़ी, तुरन्त उसका आपरेशन ज़रूरी था और बायट्लर ने तुरन्त कर भी डाला।

दूसरे दिन जब लोग लड़की की कुशल-खबर पूछने आए, तो हर आदमी लगभग यही बात पूछता था कि अपनी ही इकलौती बेटी पर चाकू चलाते हुए आपके पितृ-हृदय को दुः ख नहीं हुआ?

"ऊंह," बायट्लर उत्तर देता,"रोगी कोई भी हो, फर्क क्या पड़ता है? काटा, एपेंडिस निकाला और खत्म!"

अन्त में सर्जन का भाई भी आया और उसने सबसे अलग ढंग का सवाल किया। बोला— "मैं तुम्हें अच्छी तरह जानता हूं, इसलिए तुमसे सीधा सवाल करना चाहता हूं— क्या ऐसे मालदार की बेटी का मुफ्त आपरेशन करने में तुम्हारे हृदय को दुः ख नहीं हुआ?"

5

भारतीय राजनीतिज्ञ

महामना गोखले

बम्बई म्युनिसिपैलिटी में एक इंजीनियर थे। उनकी इच्छा थी कि महामना गोखले की 'सर्वेंट्स ऑफ इंडिया सोसायटी में शरीक होकर देशसेवा करें। लेकिन स्वभाव से संकोचशील होने के कारण उन्होंने गोखलेजी को इस आशय का पत्र स्वयं न लिखकर डाक्टर देव से लिखवाया।

इंजीनियर महोदय को शंका थी कि गोखलेजी उन्हें सोसायटी में भरती करेंगे या नहीं। इसलिए उन्होंने डाक्टर देव से कहा था कि पहले मैं सोसायटी को प्रार्थना-पत्र दूंगा और यदि वह स्वीकार हो गया, तो बम्बई म्युनिसिपैलिटी की नौकरी से त्यागपत्र दे दूंगा। यों प्रार्थना-पत्र स्वीकार न हुआ, तो नये सिरे से नौकरी ढूंढने कहां जाऊंगा।

परन्तु गोखलेजी तो सोसायटी में भरती करने के पहले एक-एक सेवक

को ठोंक-बजाकर उसकी परी परीक्षा कर लेते थे। उन्होंने कहा यदि भरती होने की इच्छा है, तो प्रार्थना-पत्र भेजने से पहले ही म्युनिसिपैलिटी से इस्तीफा देना होगा। उसके बाद ही प्रार्थना-पत्र पर कार्रवाई होगी। उन्होंने बात मंजूर कर ली और प्रार्थना-पत्र स्वीकार होने से पहले ही म्युनिसिपैलिटी से त्यागपत्र दे दिया। बाद में उनके प्रार्थना-पत्र पर विचार हुआ और वे सोसायटी के सदस्य बना लिए गए। ये इंजीनियर थे—अमृतलाल वी. ठक्कर, जिन्हें सारा भारत ठक्कर बापा के नाम से याद करता है।

लोकमान्य तिलक

सन् १९०७ में सूरत के कांग्रेस-अधिवेशन की समाप्ति पर लोकमान्य तिलक जब पूना लौटने के लिए वहां से स्टेशन जाने को तैयार हुए, तो लोगों ने सलाह दी–"आप पुलिस की मदद लेकर जाइए। अधिवेशन की असफलता से प्रोत्साहित हो, कुछ बदमाश रास्ते में जमा हैं और वे निश्चय ही आपको चोट पहुंचाएंगे।" तिलक ने सहज भाव से कहा, "पुलिस की मदद ले, पहुंचने के बजाय, मैं अपने देशवासियों के हाथ मरना अधिक श्रेयस्कर समझूंगा।"

लोकमान्य तिलक के जीवन की वह अन्तिम रात थी। डाक्टर अपनी ओर से पूरी चेष्टा कर रहे थे, पर आशाजनक सुधार दिखाई ही नहीं पड़ रहा था। रात के लगभग दो बजे उन्होंने नई दवा पिलाई। तिलक महाराज उस समय आंखें मूंदे लेटे थे; पर दवा मुंह में पड़ते ही पूछ बैठे—"यह क्या पिलाया है मुझे?" डाक्टर ने समझा—वे अपनी अचेतनावस्था में ही बोल रहे हैं। अतः बोले—"कुछ तो नहीं, सिर्फ नल का पानी था।" तिलक महाराज उस गम्भीर अवस्था में भी मुस्कराए; फिर बड़े शान्त स्वर में बोले—"डाक्टर! ताज्जुब है, म्युनिसिपल कारपोरेशन को भी मेरी ही बीमारी कैसे लग गई!"

मदनमोहन मालवीय

मकर संक्रान्ति के विशाल मेले पर पण्डित मदनमोहन मालवीय सनातन

धर्म महासभा के सम्मेलन में व्याख्यान दे रहे थे। कुछ विरोधी जानबूझकर सम्मेलन की कार्यवाही भंग करने के लिए शोर मचाने लगे। मालवीयजी ने उनमें से एक को मंच पर बोलने के लिए आमन्त्रित किया। उस व्यक्ति ने मालवीयजी पर दलबन्दी करने का आरोप लगाया।

मालवीयजी ने प्रत्युत्तर में कहा—"मैंने अपने सम्पूर्ण जीवन में एक ही दल को मान्यता दी है। वह दल ही मेरा जीवन-प्राण है और जीवन-भर इसका त्याग नहीं कर सकता। इसे छोड़कर किसी अन्य दल से मुझे कोई प्रयोजन नहीं।" यह कहकर मालवीयजी ने अपनी जेब से तुलसी-दल निकाला और कहा—"और वह दल है तुलसी-दल।"

बस क्या था, हर्ष-ध्वनि और मालवीयजी की जय› की गगन-भेदी आवाज से सभा-स्थल गूंज उठा और विरोधी अपना-सा मुंह लेकर लौट गए।

एक बार इंग्लैंड से कुछ शिक्षा-प्रेमी अंग्रेज हिन्दू विश्वविद्यालय देखने आए। स्वयं मालवीयजी ने उन्हें चारों ओर घुमा-फिराकर दिखाया–सिर्फ एक इंजीनियरिंग कालेज नहीं दिखा सके, क्योंकि उन्हें एक आवश्यक मीटिंग में बाहर जाना था। अतः प्रोफेसर शेषाद्रि से उन्होंने उन अंग्रेजों को इंजीनियरिंग कालेज दिखा देने को कहा।

प्रोफेसर ने शंका प्रकट की—"कालेज शायद अब तक बन्द हो गया हो।"

मालवीयजी बोले—"कोई बात नहीं, वहां कोई चपरासी तो होगा।"

प्रोफेसर शेषाद्रि ने फिर शंका की—"चपरासी भी शायद ही इस समय मौजूद हो।" और मालवीयजी इसे सुनकर बोले—"कोई बात नहीं, ये लोग बन्द दरवाजे में लगे कांचों से झांककर ही देख लेंगे।"

बाहर से आए अंग्रेज सारी बातें सुन रहे थे। मालवीयजी की यह बात सुनते ही उनमें से एक बोल पड़ा—"अब मेरी समझ में आया कि इतने बड़े विश्वविद्यालय का निर्माण किस प्रकार हुआ है!"

नेताजी सुभाषचन्द्र बोस

उस समय नेताजी सुभाष जर्मनी में थे। भारत में अंग्रेज सरकार उनके विषय में तरह-तरह की अजीबोगरीब बातें उड़ा रही थी। अक्सर अंग्रेज़ों के पत्र यह समाचार उड़ा देते कि सुभाषचन्द्र बोस का तो अमुक दुर्घटना में देहान्त हो गया।

एक बार जब उन्होंने एक भारतीय अखबार में भी ऐसी खबर पढ़ी, तो वे काफी गम्भीर हो गए और उनके नेत्रों से आंसू बहने लगे। उनके एक साथी ने उत्सुकता से पूछा—"अरे, तो इन झूठी खबरों से आप दहल गए! आप तो यहां अच्छे-भले मौजूद हैं!"

नेताजी ने साथी के कंधों पर हाथ रखते हुए कहा—"हां, मैं तो यहां अच्छा-खासा हूं; लेकिन मेरी मौत की खबर सुनकर मेरी मां कैसा महसूस करती होगी, यही सोचकर मेरी आंखें भर आईं।"

सरदार पटेल

सम्भवतः बारडोली-सत्याग्रह की बात है। गांव-गांव में सरदार पटेल का हुक्म चलता था। कुर्की और अन्य अत्याचार करने वाले सरकारी अधिकारियों के आगमन की पूर्व-सूचना देने के लिए प्रत्येक गांव में ढोल-नगाड़ों का प्रबन्ध था। उनकी ध्वनि होते ही पुरुष गांव छोड़ जाते, स्त्रियां घरों में रहतीं। चारों ओर सुनसान हो जाता। बालोड़ में सरदार थाने के पास भाषण दे रहे थे। अचानक कुर्क की हुई भैसों ने थाने में से रेंकना प्रारम्भ किया। सरदार ने झट कहा—"सुनो, ये भैंसें क्या कहती हैं? 'रिपोर्टर' लिख लें कि बालोड़ के थाने में भैंसें भी अंग्रेज़ी राज को कोस रही हैं।"

श्रीप्रकाश

घटना उस वक्त की है जब श्रीप्रकाश आसाम के गवर्नर थे। अपने प्रान्त की पर्वतीय जातियों के सम्बन्ध में कुछ आवश्यक बातचीत करने के लिए वे एक बार प्रधानमन्त्री नेहरू से मिलने दिल्ली पहुंचे। प्रतिदिन की तरह नेहरू उस दिन

भी आफिस में अपने कार्य में व्यस्त थे। अतः श्रीप्रकाशजी उनके बड़े कमरे में बैठकर उनका इंतजार करने लगे। कमरे में नेहरू से मिलने के लिए अन्य व्यक्ति भी इंतजार कर रहे थे।

कुछ देर बाद पण्डित जी के उस कमरे में प्रवेश करते ही सबके सब सम्मानार्थ उठकर खड़े हो गए। यद्यपि श्रीप्रकाशजी के साथ नेहरू की काफी घनिष्ठता थी, पर उस वक्त वे भी औरों की तरह उठकर खड़े हो गए, क्योंकि वे औरों को यह नहीं दर्शाना चाहते थे कि उनकी नेहरूजी से घनिष्ठ मैत्री है। लेकिन, पण्डिजी ने यह देख लिया और जब सबके अभिवादन का उत्तर देते हुए वे उनके पास आए, तो धीरे से बोले—"तुम बैठ क्यों नहीं जाते?" श्रीप्रकाशजी फिर भी खड़े रहे।

अन्ततः पण्डित जी से न रहा गया। उन्होंने श्रीप्रकाशजी के पेट में एक घूंसा मारते हुए कहा—"बैठ जाओ!" श्रीप्रकाश को स्वयं कुछ करने की जरूरत नहीं पड़ी। घूंसे ने आदेश का पालन करवा लिया। पण्डितजी के इस स्नेह-भरे घूंसे को श्रीप्रकाशजी जब याद करते, तो मानो वे गद्गद हो जाते।

श्रीप्रकाशजी गवर्नर होकर आसाम जा रहे थे। गाड़ी ठहरी तो कानपुर के स्टेशन पर वे अपने सैलून से उतर गए। लेकिन,गाड़ी छूटने के समय जब वे फिर अपने डिब्बे की ओर बढ़े तो पुलिस ने उन्हें रोक दिया। बोला, "यह लाट साहब का डिब्बा है।" श्रीप्रकाशजी ने पूरा विश्वास दिलाने की चेष्टा की कि वे ही लाट साहब हैं, पर सिपाही ने उन्हें अन्दर नहीं जाने दिया।

यह स्थिति जब बगल में बैठे उनके सैनिक अंगरक्षक ने देखी तो वह दौड़ा आया। बोला, "हां, भाई! आप ही लाट साहब हैं।" तब कहीं वे डिब्बे में सवार हो पाए।

गाड़ी में चढ़ते हुए श्रीप्रकाशजी ने अंगरक्षक की ओर देखकर हंसते हुए कहा—"आखिर, तुम मेरे परिचय-पत्र हो।"

मोतीलाल नेहरू

एक बार पण्डित मोतीलालजी नेहरू को बड़े जोरों का जुकाम हो गया। खद्दर के रूमाल से पोंछते-पोंछते नाक लाल हो गई। एक मित्र तबीयत का हाल जानने आए और नाक का यह हाल देखकर पूछा—"क्या जुकाम हो गया है?"

रूमाल से नाक पोंछते हुए पण्डितजी ने उत्तर दिया—"हां, अब यह थोड़े दिनों का ही और मेहमान है।"

मित्र ने प्रश्नसूचक दृष्टि उठाई।

पण्डितजी मन्द-मन्द मुस्कराते हुए बोले—"गांधीजी के राज में किसी को। जुकाम कैसे हो सकता है! खादी के रूमाल से पोंछते-पोंछते जब नाक ही गायब हो जाएगी, तब जुकाम कहां होगा!"

लाला लाजपतराय

अप्रैल, १९०८ की घटना है। पंजाब-केसरी लाला लाजपतराय दुष्कालपीड़ितों की सहायता के लिए अपने कुछ स्वयंसेवकों के साथ प्रयाग आए और सदा की भांति पण्डित बालकृष्ण भट्ट से मिलने उनके अहियापुर स्थित निवास-स्थान पर गए। दोनों कर्मठ नेता बातचीत करने में व्यस्त थे। किसी गम्भीर विषय की चर्चा चल रही थी कि तभी भट्टजी की मैना, जो पास ही पिंजरे में थी, बोल पड़ी—"वन्दे मातरम्. . . स्वराज्य हमारा जन्मसिद्ध अधिकार है. . . लाला लाजपतराय की जय. . . लोकमान्य तिलक की जय!" आदि-आदि।

लालाजी मैना के ये बोल सुनकर बड़े प्रभावित हुए और भट्टजी से बोले—"पण्डितजी! आपकी मैना इस तरह खुले आम सबको राष्ट्रीयता का पाठ पढ़ाती है, कहीं गिरफ्तार न कर ली जाए।" भट्टजी ने अपनी घरेलू भाषा के शब्दों में ही कहा—"का करी भैया! मुनिया (भट्टजी के तृतीय पुत्र श्री लक्ष्मीकान्त भट्ट) और महादेव (भट्टजी के द्वितीय पुत्र) को तोता-मैना पाले की बड़ी सौख है, वही ई सब झगड़ा वाली बात पढ़ाए हैं। निबौहरिया पढ़ा करत है।"

लाजपतरायजी मैना की प्रशंसा करने लगे, बोले—"पण्डितजी! जिस घर के पशु-पक्षी इतने क्रान्तिकारी हैं, वहां के रहने वाले और भी भयंकर होंगे।"

सम्पूर्णानन्द

सन् १९२२ में, जब मैं लखनऊ जेल में था, एक दिन जेल-सुपरिंटेंडेंट श्री क्लेमेंट्स हम कैदियों का मुआयना करने आए। हमारे साथी श्री रंगा अय्यर उस। वक्त सामने दीवार पर श्रीकृष्ण का चित्र लटकाए ध्यानावस्थित थे। ध्यान उनका जैसा भी रहा हो, पर जहां तक मेरा अनुमान है, उन्होंने जानबूझकर ही सुपरिंटेंडेंट महोदय की ओर नज़र नहीं फेरी थी। श्री क्लेमेंट्स ने इसे शायद अपना अपमान अनुभव कर, उस चित्र को वहां से हटवा दिया। मगर दूसरे दिन, जब वे पुनः मुआयना करने आए, तो आश्चर्यचकित रह गए हम सब जितने हिन्दू बन्दी थे, सबके सामने दीवार पर श्रीकृष्ण का एक-एक रंगीन चित्र टंगा था और सब ध्यानावस्थित बैठे थे। किसी ने क्लेमेंट्स साहब की ओर न देखा। आखिर वे क्या करते! निदान, वे भी 'तिकडम' के चमत्कार का लोहा मानकर चुपचाप चले गए।

सम्पूर्णानन्दजी उन दिनों उत्तर प्रदेश के शिक्षामन्त्री थे। एक दिन किसी स्कूल या कालेज के प्रधानाध्यापक उनसे मिलने आए और आते ही उन्होंने 'हुजूर›, 'सरकार› की झड़ी बाँध दी। सम्पूर्णान्दजी कुछ देर तक उनकी बातें सुनते रहे; पर अन्ततः जब उनसे नहीं रहा गया, तो उबल पड़े—"आप किसी शिक्षणसंस्था के प्रधान हैं? विद्वान हैं? हज़ारों विद्यार्थियों का चरित्र-निर्माण करते हैं आप? मुझे तो ऐसा लग रहा है, जैसे आप भाट हों! मैं आपसे विद्वत्ता में छोटा हूं, उम्र में छोटा हूँ; फिर भी आप मेरी 'जी हुजूरी› किए जा रहे हैं सिर्फ इसलिए कि मैं इस कुर्सी पर बैठा हूं। ऐसे अध्यापकों से मुझे कोई सहानुभूति नहीं है। आप कृपया जाएं।" और, प्रधानाध्यापक महोदय को चुपचाप वापस लौट जाना पड़ा।

सरोजिनी नायडू

कलकत्ते में मुस्लिम महिला सम्मेलन का वार्षिक अधिवेशन था। श्रीमती सरोजिनी नायडू मुख्य अतिथि थीं। भाषणकिर्तयों में कोई तो बंगला में बोली और कोई उर्दू में। श्रीमती नायडू के पास बैठी महिलाओं में भी कोई बंगला की वकालत करतीं, तो कोई उर्दू की। इसी बीच एक स्वयंसेविका ने आकर किसी महिला से कहा—"आपके घर से फोन आया है कि आपकी बच्ची बहुत रो रही है। किसी भी तरह चुप नहीं हो रही।" श्रीमती नायडू ने सेविका से बहुत गम्भीरता से कहा— "बहन, जरा फोन पर यह तो पूछ लो, बच्ची उर्दू में रो रही है या बंगला में।"

डॉ. राजेन्द्रप्रसाद

राजेन्द्र बाबू का नींद पर जबर्दस्त अधिकार था। सोने और उठने के समय का अन्तर कितना ही कम क्यों न हो, वे नियत समय पर उठ जाते। कई बार देखा गया कि किसी दूसरे काम के लिए २० या २५ मिनट रहे गए हैं, उसी में आप गहरी नींद गें सो गए और जाने के निश्चित समय अथवा काम के दो मिनट पहले उठ गए। उनके साथियों को हमेशा यह डर बना रहता कि शायद समय पर न जाग सकें; पर ऐसा अवसर कभी आया ही नहीं कि उन्हें उठाना पड़ा हो। रात्रि-शयन के समय भी एक अजीब बात देखी गई। कितनी ही उलझन और परेशानियां क्यों न हों, पर जब वे सोने जाते, तो सिर्फ नींद को ही अपने पास रहने देते। यह सब संयममय जीवन का ही फल था कि दमे से पीड़ित रहने पर भी उनके शरीर पर उसका असर प्रायः नहीं हो पाया और अपनी उत्तरावस्था में भी उनका शरीर तना हुआ, मांसपेशियां कसी हुईं और मुंह के दांत सुदृढ़ रहे। उन्होंने कभी दांत में ब्रुश नहीं लगाया बराबर नीम और बबूल की दातून ही करते रहे। इसी तरह शरीर में उन्हें साबुन लगाते भी नहीं देखा। सिर में कंघी तो लगाते ही नहीं थे।

एक बार राजेन्द्र बाबू ने देखा कि उनकी पुस्तक के पन्ने फटे हुए हैं। समझ गए,

बच्चों का काम है। मगर अपराधी बनाकर उनसे सच्ची बात कहलवाना कठिन था। फिर भी सच्चाई जानकर बच्चों को सबक देना चाहते थे। वही उपाय सोचते रहे। आखिर सूझ गया। हंसते हुए बच्चों से बोले—"जिसने इस पुस्तक के जितने पन्ने फाड़े हैं, उसे उतने पैसे दिए जाएंगे।" सबने खुशी-खुशी बढ़-चढ़कर बताया। सचाई सामने आ गई। पैसे दे दिए गए मगर सबक भी दे दिया कि यह काम ठीक नहीं।

एक बार राजेन्द्र बाबू ने, जब वे राष्ट्रपति थे, अपने जन्मदिन के सवेरे शय्या त्यागते ही अपनी डायरी के पन्ने में लिखा—"मैं कितना सौभाग्यशाली हूं कि मुझको देश और समाज की ओर से इतना सम्मान मिला। गुरु के रूप में बापू मिले और धर्मपत्नी के रूप में राजवंशीदेवी मिलीं, जिनकी सहायता और सहयोग से ही मैं देश की थोड़ी-बहुत सेवा कर सका। अब मुझे कुछ नहीं चाहिए। ईश्वर से प्रार्थना करता हूं कि अब मुझे सब चीजों से हटाकर अपनी ओर ले चलें और जब तक यहां रखना हो, आध्यात्मिकता की ओर चलने दें।"

यह घटना गांधीजी के अन्तिम दिनों में से एक दिन की है। इसे मैं आजीवन नहीं भूल सकेंगा; क्योंकि एक बड़ी भारी गलती से उन्होंने मुझे उस दिन बचाया था—ऐसी गलती, जिसे नैतिक अधःपतन कहा जाए, तो कोई अतिशयोक्ति नहीं होगी।

बात यों हुई कि एक दिन विधानसभा के सभापतित्व को लेकर ऐसी स्थिति पैदा हो गई जो मुझे बड़ी अपमानजनक प्रतीत हुई। काफी तर्क-वितर्क के बाद भी जब मैं उसे दरगुज़र नहीं कर सका तो मैंने विधान-सभा के सभापतित्व से त्यागपत्र देने का निश्चय कर लिया। किन्तु साथ ही यह विचार भी मन में आया कि ऐसे महत्त्वपूर्ण प्रसंग के बारे में ऐसा निर्णय कार्यान्वित करने से पूर्व एक बार गांधीजी से परामर्श कर लूं। अतः मैंने उनसे सब बातें कहीं। त्यागपत्र का

प्रारूप भी उन्हें दिखलाया। स्थिति के सारे विवरण और तदनुरूप मेरे दृष्टिकोण को उन्होंने सही बताया। किन्तु त्यागपत्र का निर्णय उन्हें नहीं जंचा। वे कुछ गम्भीर हो गए और कहने लगे—"तुम्हारे स्थान पर यदि दूसरा कोई होता, तो त्यागपत्र देने से मैं उसे कभी नहीं रोकता । किन्तु तुम्हें ऐसा नहीं करना चाहिए। अपने व्यक्तित्व की बात सामने लाकर तुम्हारा त्यागपत्र देना उचित नहीं है । सार्वजनिक कार्यों में अपमान भी सहना चाहिए। व्यक्ति के मानापमान का वहां प्रश्न ही क्यों उठे ?"

उनकी उद्दीप्त आंखों ने मुझे जो बाकी बचा था, वह भी समझा दिया। मेरे अन्तःकरण को एक तीव्र दंश लगा–कितनी क्षुद्र अहंमन्यता में फंसकर मेरा अधः पतन हो रहा था ! जब व्यक्ति सार्वजनिक कार्यों मंय अपने जीवन-प्रवाह को नियोजित कर देता है, तो उसके वैयक्तिक चैतन्य पर उसका अधिकार ही क्या? सेवाकार्य में भी मानापमान का खयाल तो अधर्म ही है ।

मेरे एक मित्र को भी इस प्रसंग की जानकारी थी। जब उन्होंने गांधीजी से इस विषय पर चर्चा की, तो उन्हें गांधीजी ने कहा—"ज़हर का प्याला पीने वाला कम से कम एक व्यक्ति भी तो रहे, जिसके होठों पर मैं उसे लगा सकूं।"

राजगोपालाचार्य

हम लोग (रूसी कलाकार सर्जी ओब्राज्त्सोव, उनकी पत्नी और मैं) तेज़ी से ज़ीना उतरने लगे। नीचे पहुंचकर सर्जी हठात् रुक गए। अत्यन्त तीव्रता से उन्होंने मुझे देखा और कहा—"मोनिका !"

"क्या बात है?"

"जानती हो, मनुष्य को महान बनाने के लिए तीन चीज़ें चाहिएं ?"

"मेरी नज़र उनकी नज़र से मिली। उनकी बड़ी-बड़ी आंखों में उत्तेजना और सचाई थी । एक हाथ उठाकर उन्होंने अपना सिर छुआ—"पुरुष का मस्तिष्क ।"

"और?"

फिर दायें हाथ की तर्जनी अपनी छाती से छुआते हुए बोले—"स्त्री का हृदय।" उन्होंने दोनों हाथ फैला दिए, मानों सारी दुनिया को आलिंगन में भर लेना चाहते हों और बोले—"और बच्चे का मन बच्चे की सी ताज़ी दृष्टि।"

बात सौ टका ठीक थी। मैं कुछ भी न कह सकी। मैंने मुंह फेर लिया। लेकिन उनकी तीव्र दृष्टि ने मुझे उनकी ओर मुड़ने को बाध्य कर दिया। वे कहने लगे— "राजाजी के पास मस्तिष्क है और बच्चे का मन भी। पर मैं पूछता हूं मोनिका, उनका हृदय कहां है?"

मैंने उत्तर दिया—"वे उसे दिखाने से डरते हैं।"

— मैंने गांधीजी को मानस में प्रतिष्ठित किया है, सरदार पटेल ने कर्म में, जवाहरलाल ने शील-शक्ति में, किन्तु राजेन्द्रप्रसाद के भीतर तो वे श्रद्धा के रूप में अनुप्राणित हैं।"

— मोनिका फेल्टन

डॉ. राधाकृष्णन्

राज्यसभा में विवाह-विच्छेद विधेयक पर बहस चल रही थी। सुन्दरय्या ने संशोधन प्रस्ताव रखा–"विवाह-विच्छेद के कारणों में 'पागल› शब्द के स्थान पर 'जिसका दिमाग ठीक न हो' कर दिया जाए।" डा. राधाकृष्णन् ने, जो उस समय उपराष्ट्रपति एवं राज्यसभा के सभापति थे, कहा—"पर ऐसा तो हम सभी का है कम से कम अपनी पत्नी की राय में।"

एक अंग्रेज महोदय ने किसी प्रीति-भोज के अवसर पर कहा—"हम अंग्रेज वस्तुतः ईश्वर के बहुत प्यारे हैं। ईश्वर ने हमारा निर्माण बड़े यत्न एवं स्नेह से किया है, तभी तो हम इतने गोरे हैं।"

डॉ. राधाकृष्णन् भी वहां उपस्थित थे। यह गर्वोक्ति सुन मुस्कराए और सभी व्यक्तियों को सम्बोधित करते हुए बोले—"मित्रो! एक बार भगवान को

रोटी पकाने की इच्छा हुई। वे रोटी सेंकने तो बैठे, किन्तु पहली रोटी ज़रा कम सिंकी और परिणामस्वरूप अंग्रेज जाति का जन्म हुआ। दूसरी रोटी वे अधिक देर तक सेंकते रहे और इससे नीग्रो लोगों की पैदाइश हुई। अपनी इन दो भूलों से सतर्क हो, भगवान ने जो तीसरी रोटी सेंकी, तो वह बिलकुल ठीक थी—वह न कम सिंकी थी, न ज्यादा। फलस्वरूप हम भारतवासियों का जन्म हुआ...।"

उक्त अंग्रेज महोदय ने झेंपकर सिर झुका लिया और बाकी लोग उन्मुक्त भाव से हंस पड़े।

मौलाना आज़ाद

जेल में मेरी कोठरी के सामने एक चीनी कैदी था। लेकिन ज़बान की कठिनाई के कारण हम एक-दूसरे से बात न कर पाते थे। एक दिन वह हमारे पास आकर बोला—"ओपियम?" वह जानना चाहता था कि मैं किस जुर्म में यहां आया हूं—मैंने इन्कार के लहजे में सिर हिला दिया।

फिर उसने गले पर अपने हाथ को छुरी की तरह फेरा—"कत्ल?" मैंने फिर इन्कार कर दिया।

आखिर उसने पूछा— "गांधी?" मैंने स्वीकार कर लिया, तो वह संतुष्ट-सा हो गया, गोया उसकी समझ में गांधी भी जरायम-पेशे में दाखिल हों।

सर सैयद अहमद खां

गालिबन दिसम्बर,१९१८ की बात है। मैं रांची में नज़रबंद था। एक रोज नमाज पढ़कर मस्जिद से निकला, तो मुझे महसूस हुआ, कोई शख्स पीछे आ रहा है। मुड़के देखा, तो एक शख्स कम्बल ओढ़े पीछे खड़ा था।

"आप मुझसे कुछ कहना चाहते हैं?"

"हां, जनाब, मैं बहुत दूर से आया हूं।"

कहां से?"

"सरहद पार से।"

"यहां कब पहुंचे?"

आज शाम। मैं बहुत गरीब आदमी हूं। कंधार से पैदल चलकर क्वेटा पहुंचा। वहां वतन के कुछ सौदागर मिल गए। उन्होंने नौकर रख लिया और आगरा पहुंचा दिया। आगरा से यहां तक पैदल आया हूं।"

अफसोस, तुमने इतनी मुसीबत क्यों बर्दाश्त की?"

इसलिए कि आपसे कुरानमजीद के बाज़ मुकामात समझ लूं। मैंने 'अल-हिलाल' और 'अल-बलाग' का एक-एक हर्फ पढ़ा है।"

यह शख्स चंद दिनों तक ठहरा और फिर वापस चला गया। वह चलते वक्त इसलिए नहीं मिला कि उसे अंदेशा था कि मैं उसे वापसी के मसारिफ (यात्रा-खर्च) के लिए रुपया दूंगा और वह नहीं चाहता था कि इसका बार (भार) मुझपर डाले। उसने वापसी में भी मुसाफिरत का बड़ा हिस्सा पैदल ही तय किया होगा।

मुझे उसका नाम याद नहीं। मुझे यह भी मालूम नहीं कि वह ज़िन्दा है या नहीं; लेकिन अगर मेरे हाफिज़े (स्मृति) ने कोताही न की होती, तो मैं यह किताब उसके नाम से मन्सूब (समर्पित) करता।

दिल्ली की एक अति प्रसिद्ध तथा सुन्दर वेश्या शीरीं (मिठास से भरपूर अर्थात् मधुर) थी। किन्तु शीरीं जितनी सुन्दर थी, उसकी मां उतनी ही कुरूप और भोंड़ी थी। एक मुजरे में शीरीं अपनी मां के साथ आई। इस जलसे में सर सैयद अहमद खां के साथ उनके एक ईरानी मित्र भी बैठे हुए थे।

ईरानी मित्र ने शीरों की मां को देखकर अपनी ईरानी अर्थात् आधुनिक फारसी भाषा में कहा—"मादर्श बिस्यार तल्ख अस्त (उसकी मां तो बहुत कड़वी-सी है)।"

इसपर सैयद ने फ़ौरन जवाब दिया—"गचें तल्ख अस्त व लेकिन वर शीरीं दारद (अगरचे मां कड़वी है, परन्तु उसका फल मीठा है)।"

एक बार जब सर सैयद अहमद खां इंग्लैंड जा रहे थे, तो उनके साथ यात्रा करने वाले एक व्यक्ति ने ब्रिटिश साम्राज्य की प्रशंसा करनी शुरू की और अन्त में वह बोला—"महोदय !आप नहीं जानते, इतनी सुख-समृद्धि का मूल कारण है। हमारा ईसाई धर्म।"

सर सैयद ने तत्काल ही बडे गम्भीर भाव से उत्तर दिया—"लेकिन हज़रत मसीह तो अमीर आदमी नहीं थे!"

मौलाना मुहम्मद अली

खिलाफत आंदोलन के समय एक दिन मौलाना मुहम्मद अली कुछ प्रसिद्ध मुसलमान नेताओं से तुर्की के मामले पर विचार-विनिमय कर रहे थे। इसी समय एक बंगाली मौलाना ने कई बार अपने बंगाली लहजे में कहा, और कहा ही क्यों, बीच में बोल उठे। वह भी एक बार नहीं कई बार—"मियां! यों काम नहीं चलेगा। आप लोग जेहाद करें, जेहाद (खूनी क्रांति)! तभी कुछ हो सकता है।"

पहले तो लोग उनके सम्मान में चुप रहे, किन्तु जब देखा गया कि मौलाना साहब चुप ही नहीं हो रहे और बार-बार जेहाद, जेहाद ही चिल्लाए जा रहे हैं, तो मौलाना मुहम्मद अली उठकर अन्दर गए और एक जंग लगी तलवार उठा लाए। तलवार को बंगाली मौलाना की तरफ बढ़ाते हुए कहा—"हज़रत, जब आप नहीं मानते हैं, तो लीजिए यह तलवार। बस, बिस्मिल्लाह कहकर जेहाद शुरू कर दीजिए। हम लोग आपके साथ हैं।"

बंगाली मौलाना एकदम से उछल पड़े और कहने लगे—"लाहौल विला कूवत ! यह क्या मज़ाक है ? मेरा काम तो सिर्फ फतवा (धार्मिक आदेश) देना है, जेहाद आप लोग करें।"

मीराबेन

सादगी मीराबेन के जीवन का महत्वपूर्ण अंग रही है। एक बार वे तीसरे दर्जे के डिब्बे में सफर कर रही थीं। सिर के बाल कटे तो थे ही, दुपट्टा भी न था। गला, कान, नाक और हाथों में कोई अलंकार भी नहीं। लम्बा कद और लाली लिए हुए गोरे रंग से मालूम होता, कोई सरहदी युवक बैठा है। वेश भी सलवार और लम्बा कुरता ही था। टिकट-चेकर ने उन्हें देखा, तो बोला—"जनाबे-मन ! नीचे उतरिए, यह ज़नाना डिब्बा है। मर्दों के डिब्बे आगे हैं।"

मीराजी ने फौरन दुपट्टा सिर पर खींच लिया। टिकट-चेकर भौंचक्क उनकी ओर देखता रह गया।

अण्णादुरै

एक बार चुनाव में मुस्लिम लीग की तरफ से जनाब पीर मुहम्मद कन्याकुमारी जिले के उम्मीदवार के रूप में खड़े हुए। चुनाव लड़ने के लिए धन-संग्रह करना था। इसके लिए एक सभा का आयोजन हुआ था। टीन के डिब्बे हिलाते हुए स्वयंसेवक इधर-उधर धूम रहे थे। पैसे की 'ठन-ठन' आवाज आ रही थी। मुस्लिम लीग के नेता इस्माईल साहब ने कहा—"अब अण्णादुरै (मद्रास के तात्कालिक मुख्यमंत्री) भाषण करने वाले हैं। उनके भाषण में खलल न पड़े, इसके लिए मैं लोगों से विनती करना चाहता हूं कि पैसा हुंडी में डालते हुए इस बात का खयाल रखें कि आहट न हो ।" अण्णादुरै ने तुरन्त उठकर कहा—सिक्के डालें, तभी तो आहट होगी! सिक्कों के बदले रुपये के नोट डालें तो.... ?"

सभा के बाद हुंडी खोली गई, तो नोट ही नोट निकले थे।

जवाहरलाल नेहरू

मेरे लंका-प्रवास के समय जाफना के समीप एक छोटी-सी घटना हुई, जो मुझे अब तक याद है । एक स्कूल के शिक्षकों और लड़कों ने हमारी मोटर रोक ली और अभिवादन के कुछ शब्द कहे। थोड़ी देर बाद उनमें से एक लड़का मेरे पास

आया। उसने मुझसे बेझिझक हो हाथ मिलाया और बिना कुछ पूछे या दलील किए कहा—"अन्याय के सामने मेरा माथा कभी झुकेगा नहीं!" उस लड़के की दृढ़ एवं चमकती हुई आंखों की छाप मेरे मन पर अब भी अविकृत है। मुझे पता नहीं कि वह कौन था. उसका कोई पता-ठिकाना मेरे पास नहीं है; मगर फिर भी मुझे यह विश्वास होता है कि वह लड़का जीवन की आखिरी सांसों तक अपने शब्दों का पक्का रहेगा।

नेहरूजी एक बार दाहर नामक स्थान पर, जोकि पंजाब में कपूरथला के पास है, सिंचाईं-योजना का उद्घाटन करने के लिए गए।

श्रीगणेश के वक्त उच्चाधिकारियों ने उद्घाटन के लिए नेहरूजी को चांदी की कुदाली खुदाई के लिए दी।

नेहरूजी ने चांदी की कुदाली एक ओर फेंक दी और पास पड़ी लोहे की कुदाली उठाकर बोले:

"क्या भारत का किसान चांदी की कुदाली से खुदाई करता है?"

एक बार नेहरूजी से एक अमरीकी लड़की मिली—"आपकी महानता की चर्चा दुनिया में चारों ओर है।"

नेहरू बोले—"बड़ी खौफनाक बात है।"

लड़की चुप लगा गई। कुछ देर और विभिन्न विषयों पर बातें होने के बाद, उसने कहा—"मैं तो रेडियो, टेलिविजन एवं अन्य मंचों पर आपको और भी ज्यादा देखना और सुनना चाहती हूं।"

लड़की के इस कथन पर नेहरूजी मुस्करा पड़े—"तुम्हें पता भी है, हमारे एक साथी ने हाल ही में मुझसे कहा है कि मुझे 'मुंह और पैर की बीमारी है'—मैं हमेशा मारा-मारा फिरता हूं और बकता-बोलता फिरता हूं।" उनकी मुस्कराहट

पर कृत्रिम गम्भीरता का आवरण छा गया—"मैं तो चाहता हूं, तुम दुआ करो कि मेरी ये बीमारियां और आगे न बढ़ें!"

नेहरूजी की कोठी पर एक शे'रो-शायरी की बड़ी प्यारी महफिल जमी हुई थी।

शायर हज़रत जनाब बेकल, सरदार जाफरी, फिराक साहब आदि कई शायर उपस्थित थे। समय कम था, अतः सभी अपनी छोटी-छोटी रचनाएं प्रस्तुत कर रहे थे।

जब सरदार जाफरी अपनी रचना सुनाने के लिए आगे बढ़े (सभी जानते थे कि उनकी कविताएं अधिकतर लम्बी होती हैं) तब एक शायर ने छेड़ते हुए कहा— "देखिए, अधिक ज़ोर न पड़े।"

तभी पंडितजी ने कहा—"किसपर? सुनने वालों पर या पढ़ने वाले पर?"

तब फिराक साहब पुनः बोले—"अजी साहब, अब यह भेद न खुलवाइए।"

शांति-निकेतन में पंडित जवाहरलाल नेहरू आए थे। रात को वहीं बंगाल के कांग्रेस-कार्यकर्ताओं की सभा आयोजित थी। मैं भी सभा में था। पंडितजी का भाषण शुरू होते न होते कैमरामैनों ने फोटो लेने की झाड़ी-सी लगा दी; रुकने का नाम नहीं लेते थे। रात का वक्त; फ्लैश-बल्बों की तेज चमक से आंखें चौंधियाने लगीं। बड़ा गुस्सा आ रहा था फोटोग्राफरों की इन लगातार परेशान करने की हरकतों पर। मन में आया कि क्यों ने खुद पंडितजी से कहकर एक कड़ी डांट दिलवाऊं इन्हें। खड़े होकर मैंने पंडितजी को टोककर कहा—"पंडितजी,इन फोटोग्राफरों ने तो परेशान कर दिया। आंखें चौंधियाने लगी हैं।" पंडितजी क्षणभर मुस्कराकर बोले—"वाह साहब, बड़ी नाजुक आंखें मालूम हो रही हैं आपकी; रोशनी से परेशान हैं आप!" सब खिलखिलाकर हंस पड़े।

—गोविन्दराम खेतान

सन् ३८ या ३९ में पंडित जवाहरलाल नेहरू राष्ट्रपति की हैसियत से बड़ौदा तशरीफ लाए। घर में बस अम्माजान थीं—बेहद बीमार और मैं। हमारे भाग्य से पंडितजी का ठहरना हमारे यहां रखा गया।

बड़ौदा में क्या शोर, क्या खुशी का तहलका, क्या रौनक, क्या जोश था! चीख-चीखकर बेचारे पंडितजी का गला बिलकुल बैठ गया था। दौड़-धूप से थक गए थे, तब भी हमारे साथ बैठकर जरा-सी बातचीत करने का उन्होंने वक्त निकाला ही। अम्माजान से तो ऐसी शीरीनी से पेश आए कि उसके बाद वे हमेशा उन्हें अपने बेटे की तरह याद करती थीं।

रात भोजन करके पंडितजी को फिर दौड़ना पड़ा। अम्माजान पंडितजी का इंतजार करते-करते सो गईं कि कब आएंगे बेचारे? कब सोएंगे?

सुबह मालूम पड़ा कि पंडितजी बारह साढ़े बारह बजे आ भी गए थे। जूते निकालकर जीना चढ़े। कमरे की बत्ती भी नहीं जलाई—गुसलखाने की बत्ती से काम चला लिया। बिल्ली भी मात हो जाए—इतने धीमेपन से सोने की तैयारी की और यह सब इसलिए कि मेरी बीमार अम्मा जाग न जाएं।

—*रेहाना तैयबजी*

एक बार जवाहरलाल नेहरू के सभापतित्व में होने वाली एक सभा में एक प्रोफेसर महोदय ने अपने भाषण में सरकार की प्रचलित नीति की कड़ी आलोचना की। पर, न जाने किस कारण से भाषण का अंत उन्होंने इस प्रकार किया—"हां। यह भी ठीक है कि सही मार्ग का निर्णय करना बड़ा कठिन है और आज तो दरअसल हम किंकर्तव्यविमूढ़ हैं...।"

तत्पश्चात् पंडितजी उठे और होठों के बीच मुस्कराहट की एक दबी रेखा के साथ उन्होंने कहना शुरू किया— "मेरे इन मित्र महोदय की बातों से मुझे एक प्रसिद्ध यूनानी शिक्षक की बात याद आ जाती है जिसका यह सिद्धांत था कि कोई भी कभी इस निष्कर्ष पर नहीं पहुंच सकता कि उसे क्या करना चाहिए। एक बार किसी शिक्षक का पैर नदी के किनारे दलदल में फंसा और ऊपर निकलने की

कोशिश करने के बावजूद, वह धीरे-धीरे अंदर ही धंसने लगा। ठीक उसी वक्त उसका सबसे प्रिय शिष्य वहां आ पहुंचा। अपने गुरु की यह दशा देखकर वह यह सोचने लगा कि उसे क्या करना चाहिए—उन्हें बाहर निकालना चाहिए या नहीं। और, अंत में जिस निष्कर्ष पर वह पहुंचा, वह बड़ा ही अद्‌भुत था अर्थात् वह किसी भी निष्कर्ष पर नहीं पहुंच सका।"

एक बार नेहरूजी जब लखनऊ की एक सार्वजनिक सभा में भाषण देने के लिए खड़े हुए, तो दर्शकों के बीच कुछ व्यक्तियों के झगड़ पड़ने से सारी व्यवस्था असंतुलित हो गई। कुछ क्षणों तक तो नेहरूजी लोगों के शांत होने की प्रतीक्षा करते रहे; किन्तु जब हो-हल्ला नहीं रुका, तो क्रोधित हो स्वयं भीड़ की ओर झपटे। अंगरक्षकों ने उन्हें पकड़ लिया। नेहरूजी अपनी पूरी ताकत लगाकर छूटना चाहते थे, किन्तु पकड़ मजबूत थी। उनका चेहरा तमतमा उठा—उन्होंने घूंसे भी चलाए; परन्तु अंगरक्षकों ने उन्हें छोड़ा नहीं। तब तक पुलिस ने भीड़ पर काबू पा लिया। सभा में सर्वत्र शांति छा गई। अंगरक्षकों ने नेहरूजी को छोड़ दिया। नेहरूजी का गुस्सा भी तुरन्त ही उतर गया। पुनः मंच पर चढ़कर टंडनजी और पंतजी से हंसते हुए बोले—"आपने मेरी कुश्ती देखी?"

एक कुम्भ मेले की बात है। श्री जवाहरलाल नेहरू भी वहां गए थे। उनकी मोटर जब अथाह जनसमुद्र के बीच किसी तरह आगे बढ़ रही थी और लोग 'पंडितजी आ गए...पंडितजी आ गए...पंडित जवाहरलाल नेहरू की जय!' आदि पुकार कर उनके प्रति अपने अगाध प्रेम एवं सम्मान का परिचय दे रहे थे, तो एक वृद्ध हरिजन-महिला भीड़ चीरती हुई उनकी खुली मोटर की तरफ आई और हाथ उठाकर-जोर-जोर से पुकारने लगी—"अरे जवाहर! ज़रा खड़ा तो रह! तू कहता है न कि आजादी मिल गई है—लेकिन आजादी है कहां? किसको मिली है? हां, शायद तुझे मिली हो; क्योंकि तू मोटर में घूमता है। मेरे लड़के को तो नौकरी ही नहीं मिलती। आजादी कहां है?"

वृद्धा को देखकर पंडितजी ने फौरन अपनी गाड़ी रुकवाई और नीचे उतरकर उसके पास गए। वृद्ध हरिजन महिला से हाथ जोड़कर उन्होंने कहा —"मांजी, आप कहती हैं कि आजादी कहां है? लेकिन अपने देश के प्रधानमंत्री को आप 'तू' कहकर पुकार सकती हैं, यही क्या आज़ादी नहीं है?"

एक घटना मुझे याद आ रही है, जो १९५४ की है, जब महाराष्ट्र में तीव्र अकाल पड़ा था, जैसा इधर वर्षों से नहीं पड़ा था, और जवाहरलालजी महाराष्ट्र का दौरा कर रहे थे। वे महाराष्ट्र के ज्यादातर हिस्से में घूमे, लाखों विपद् ग्रस्त लोगों से मिले। उन्होंने उनके बीच भाषण दिए और उनके हृदयों में आशा का संचार किया।

खासकर एक घटना ने मेरा दिल छू लिया। उसका संबंध राहत-कार्य पर लगे एक श्रमिक के बच्चे से है। बच्चा कोई सुन्दर नहीं था। जवाहरलालजी ने उसे गोद में उठा लिया, उसके आंसू पोंछे और ठुड्डी पकड़कर उसका सिर ऊंचा किया। जिन्होंने भी उन्हें ऐसा करते देखा, उनके लिए इसका बहुत ज़बर्दस्त और गहरा अर्थ था। यह एक प्रयास था भारत के भविष्य को आज के बच्चे की नज़रों में झांककर देखने का; और हर एक को आह्वान था कि सिर ऊंचा रखो,मुसीबतों का बहादुरी से सामना करो।

–मोरारजी देसाई

एक बार संसदीय हिन्दी-परिषद् की गोष्ठी पंडित जवाहरलाल नेहरू के घर पर हो रही थी। पंडितजी उस समय घर पर नहीं थे, भाषण देने कहीं शहर में गए हुए थे। जब वे आए, गोष्ठी में मेरा व्याख्यान चल रहा था और मैं लोगों को बताने रहा था कि भारतीय जनता के पूर्ण रूप से एक होने में बाधाएं कहां-कहां पर हैं।

जब पंडितजी के बोलने की बारी आई, तो उन्होंने कहा—"अभी मैं उड़ीसा गया हुआ था। सुना, वहां के आदिवासी भाई आर्यरक्त वालों से बहुत नाराज हैं। वे कहते हैं, एकलव्य अनार्य था और द्रोणाचार्य आर्य थे। इसीलिए द्रोणाचार्य ने उस अनार्य नौजवान का अंगूठा कटवा लिया।"

यह बात सुनकर सभी श्रोता हंसने लगे। किंतु पण्डितजी को हंसी नहीं आई, बल्कि विचलित होकर उन्होंने कहा—" और अपनी बात मैं आपको बताऊं? यह सब सुनकर द्रोणाचार्य पर मुझे गुस्सा हो आया।"

द्वापर से कलियुग बहुत दूर पड़ता है। लेकिन सच्ची मानवता इस दूरी को नहीं मानती। कितनी सजीव थी इस पुरुष की मानवता, जो कलियुग में बड़ा होकर द्वापर के अन्याय पर तिलमिला उठता था।

—रामधारीसिंह 'दिनकर'

इंदिरा गांधी

देश के बंटवारे के दिनों के दंगों में मैंने बहुतों की जान बचाई थी; मगर उससे मुझे हमलावर और उनके शिकार दोनों से ही बुरे से बुरे शब्द सुनने पड़े। इसके बाद महीनों तक शरणार्थियों का अटूट तांता बंधा रहता था। रोज मैं सवेरे ८ बजे से १॥ बजे तक और कई बार दोपहर के बाद भी एक ही जगह जमकर सब्र से बैठती और एक के पीछे एक टोली से मिलती।

इनमें से ज्यादातर के लिए इसके सिवा कुछ नहीं किया जा सकता था कि उनका दुखड़ा सुन लूं; मगर इतने से भी उनके मन को तसल्ली मिलती थी। और कितने तो ऐसे मामले हमेशा निकल ही आते थे जिनमें कुछ करना हमारे बस में होता था।

इसी भीड़ के साथ आई थी सत्या—लगभग बीस बरस की उम्र, दंगों में मारे गए एक रेलवे लेबिल-क्रासिंग चौकीदार की बेटी। बचपन में रेलगाड़ी के नीचे आ जाने से उसके दोनों पैर जांघों के पास से कट गए थे। हाथों के बल घिसटना उसके लिए एकमात्र तरीका था चलने का, जिससे उसका शरीर बड़ा बेढंगा हो गया था। देखकर दिल दुखता था। उसकी मदद करने का एकमात्र तरीका था उसके कृत्रिम पैर लगवाना, और मैंने यही करने का निश्चय किया।

अव्वल यह पता लगाना ही कम कठिन काम नहीं था कि पूना का कृत्रिम अवयव केन्द्र, जो केवल सेनाओं के लिए था, इस देश में यह काम कर सकने वाली एकमात्र संस्था है। दूसरे, मुझे उस समय के रक्षामन्त्री सरदार बलदेवसिंह को इसके लिए मनाने में महीनों लग गए कि इसे अपवाद मानें और संत्या को

भरती करने की छूट पूना केन्द्र को दे दें। अंत में संस्था के दरवाज़े गैरफौजियों के लिए खुल गए।

वी.वी. गिरि

शारीरिक साहस में गिरि जवाहरलालजी की जोड़ के हैं। संकट उन्हें उसी तरह खींचता है, जैसे कि लोहे को चुम्बक। १९३७ में वे मद्रास धारासभा के लिए बोब्बिलि से चुनाव लड़ रहे थे। जस्टिस पार्टी के नेता और मद्रास प्रांत के तत्कालीन प्रधानमंत्री राजासाहब बोब्बिलि का निर्वाचन-क्षेत्र भी वही था। चुनाव क्या था, आन का सवाल था। जिस्टिस पार्टी ने सब कुछ दांव पर चढ़ा दिया था और उसे ब्रिटिश सरकार का सक्रिय सहयोग प्राप्त था।

मद्रास के तत्कालीन गर्वनर लार्ड वेलिंग्डन ने 'लंदन टाइम्स' के प्रतिनिधि से कहा था, महात्मा गांधी भी राजा बोब्बिलि को उनके इलाके में नहीं हरा सकेंगे। गिरि ने इसका यह जवाब दिया कि राजासाहब को हराने के लिए तो मैं ही काफी हूं, और अपना वचन पूरा करके दिखा दिया।

राजा बोब्बिलि ने पुलिस से सांठ-गांठ करके अपने निर्वाचन-क्षेत्र में प्रचार-कार्य करना कांग्रेस के लिए असंभव कर दिया था, विशेषतः अंदरी हिस्सों में। बोब्बिलि में नेहरूजी जिस सभा में भाषण दे रहे थे, उसमें राजा के कर्मचारी हाथी पर बैठकर नगाड़े बजाने लगे, ताकि लोग नेहरूजी का भाषण न सुन सकें। गुस्से में आकर नेहरूजी हाथियों को भगाने के लिए मंच से कूद पड़े। गिरि उनसे भी आगे लपके। वे अपनी छड़ी इस प्रकार घुमा रहे थे, जैसे वह कोई भयंकर हथियार हो या जादुई छड़ी। राजा के चाकरों को अपने हाथी हटा लेने पड़े।

6

विदेशी राजनीतिज्ञ

बेंजामिन फ्रेंकलिन

बेंजामिन फ्रेंकलिन के दिल में एक बार यह धारणा जम गई थी कि अगर खुले शरीर से पर्याप्त मात्रा में ठंड का सेवन किया जाए तो वह स्वास्थ्य के लिए बहुत उपयोगी है। जाड़े के दिनों में बहुत सवेरे उठकर वह एक ऐसे कमरे में, जहां अधिक सर्दी रही करती थी, कम से कम दस मिनट तक नंगे बदन घुमा करते थे। रात में उनके सोने के कमरे में चार बिस्तरे बिछे रहते थे—ताकि एक बिस्तरे पर लेटे-लेटे शरीर के तापमान से जब वह गर्म हो जाए, तो झट उसे छोड़कर वे दुसरे बिस्तर पर चले जा सकें और इस तरह वे रात-भर कई बार बिस्तरे बदला करते थे।

जार्ज वाशिंगटन

अमेरिका का प्रजातंत्री विधान तैयार हो रहा था। विधाननिर्मात्री सभा के अध्यक्ष थे— जार्ज वाशिंगटन। एक सभासद ने सैन्य-सम्बन्धी धाराओं के समय एक संशोधन-प्रस्ताव किया—"अमेरिका के पास स्थायी सैन्य पांच हज़ार से ज्यादा न रहे।" अध्यक्ष होने के कारण स्वयं वाशिंगटन इसका विरोध कैसे करते? अतः उन्होंने पास बैठे एक सभासद के कान में कहा—"आप भी इस संशोधन में एक और वाक्य यह जोड़ दीजिए कि भविष्य में कोई देश तीन हज़ार से अधिक फौज लेकर अमेरिका पर हमला न करे!"

एक बार जार्ज वाशिंगटन अपने मित्रों तथा अन्य उच्चपदस्थ अधिकारियों के साथ कहीं जा रहे थे। रास्ते में एक हब्शी मिला। उसने वाशिंगटन को देखते ही अपनी टोपी उतार ली। वाशिंगटन ने भी उसी प्रकार उसके अभिवादन का उत्तर दे दिया।

बाद में, उनके मित्र ने उनसे कहा—"आप भी अच्छे आदमी हैं, जो एक काले आदमी के प्रति सम्मान प्रदर्शित करते हैं।"

वाशिंगटन ने उत्तर दिया— "मित्रो! आपका क्या विचार है कि जब उस बेचारे अशिक्षित हब्शी ने मेरे प्रति इतनी सभ्यता दिखलाई, तो मैं उसके सामने अभ्य का सा बर्ताव करके अपने को औछा सिद्ध करता?"

प्रेज़ीडेण्ट विल्सन

उडरो विल्सन ने अमेरिका के राष्ट्रपति के रूप में विश्व-राजनीति को बहुत अधिक प्रभावित किया था। वे बहुत ही योग्य और चतुर थे; पर साथ ही गप्प भी खूब लड़ाते थे। बचपन में तो वे इतने गप्पी थे कि उनके घर के लोग भी उनकी बातों पर जल्दी विश्वास नहीं करते थे।

राष्ट्रपति चुने जाने के बाद जब वे नानी के गांव गए, तो अपनी वृद्धा नानी से सगर्व बोले—"देखा, इस बार मैं अध्यक्ष चुना गया न!"

नानी ने आंखों में कौतूहल भर पूछा—"अध्यक्ष? ...किसका अध्यक्ष?"

विल्सन ने तुरत जवाब दिया— "अरे, और किसका? अमेरिका का!"

सुनकर वृद्धा के होंठ मुस्करा उठे, बोली— "बूढ़ा हो गया, पर तेरी गप्प मारने की लत अभी नहीं छुटी!"

रूज़वेल्ट

फ्रेंक्लिन रूज़वेल्ट पक्षाघात का शिकार होने के बाद भी बहुत ज्यादा काम किया करते थे। एक बार वे लंबे दौरे से वापस आए। उनके चेहरे पर थकावट की जगह ताजगी थी।

किसी ने पूछा—"आपकी सहन-शक्ति भी लाजवाब है; इसका राज क्या है?"

रूज़वेल्ट ने कहा—"आप उस आदमी को देख रहे हैं, जिसे पक्षाघात के बाद अपने पांव की उंगली हिलाना सीखने की कोशिश में दो साल लगे थे।"

अमेरिका के प्रेज़ीडेंट थियोडोर रूज़वेल्ट की एक आदत से उनका प्राइवेट सेक्रेटरी बड़ा परेशान था। उनकी चिट्ठियां टाइप करने में वह कितनी भी सावधानी बरते, वे हस्ताक्षर करते समय, अपने हाथ से कुछ न कुछ संशोधन करते या कुछ शब्द और जोड़ देते।

एक बार सेक्रेटरी ने एक पत्र को दुबारा टाइप कर दिया और उसमें वह वाक्य भी बढ़ा दिया, जो रूज़वेल्ट ने अपने हाथ से लिखा था। हस्ताक्षर के लिए यह पर जब उनके पास गया, तो उन्हें यह बात अच्छी न लगी। और उन्होंने शांत भाव से उसे समझाया— "मेरे नौजवान दोस्त, मैं अपने प्रत्येक पत्र में कुछ शब्द अपने हाथ से इसलिए लिखा करता हूं कि उससे पत्र अधिक सौहार्दपूर्ण बन जाता है।"

आइजनहावर

श्री आइज़नहावर ने एक बार अपने भाषण के सिलसिले में बड़ी मज़ेदार कहानी सुनाई थी:

"मेरे बचपन के दिनों में मेरे घरवाले एक वृद्ध किसान के यहां गाय खरीदने गए। हमने किसान से गाय की नस्ल के बारे में पूछा। पर उस किसान को 'नस्ल' क्यां होती है, यही मालूम न था। फिर हमने पूछा कि इस गाय के दूध से रोज कितना मक्खन निकलता है। किसान को इसका भी ज्ञान न था। अन्त में हमने पूछा—"खैर, यही बताओ, तुम्हारी गाय साल में औसतन कितना दूध देती है?"

"किसान ने फिर सिर हिलाते हुए जवाब दिया—मैं यह सब नहीं जानता। बस इतना जानता हूं कि यह गाय बड़ी ईमानदार है। इसके पास जितना भी दूध होगा, वह सब आपको दे देगी।"

तदुपरांत श्री आइज़नहावर ने अपने भाषण का अंत करते हुए कहा—"सज्जनो! मैं भी उसी गाय की तरह हूं— मेरे पास जो कुछ भी है, मैं वह सब आपको दे दूंगा।"

काल्विन कूलिज

अमेरिका के भूतपूर्व राष्ट्रपति काल्विन कूलिज बड़े अल्पभाषी थे— यहां तक कि उनकी इस आदत से उनकी पत्नी भी बड़ी परेशान थीं। एक रविवार को गिरजे से लौटने के बाद उनकी पत्नी ने पूछा—"आज की प्रार्थना में पादरी का प्रवचन आपने सुना?"

"हां।" कूलिज ने जवाब दिया।

"क्या आप बताएंगे कि उसका मूल प्रसंग क्या था?" श्रीमती कूलिज को विश्वास था कि इस बार उन्हें अवश्य संतोषजनक उत्तर मिलेगा।

मगर, राष्ट्रपति कूलिज ने फिर वही संक्षिप्त जवाब दिया—, 'पाप।"

सही है, पर कृपया विस्तार से बताइए कि वे इसके बारे में क्या कह रहे थे?" कूलिज ने उसी शांत भाव से जवाब दिया—"वे इसके विरोध में बोल रहे थे।"

गार्नर

गार्नर (अमेरिका के एक भूतपूर्व उप-राष्ट्रपति) 'बेसबॉल' के खेल में एक बार दस डालर की बाजी हार गए। विजेता ने विनम्र भाव से कहा—"आप इस नोट पर अपना हस्ताक्षर कर दीजिए। मैं इसे अपने पोते को दूंगा। वह इसे कांच में मढ़कर रखेगा।"

"....तो आप इसे खर्च नहीं करेंगे?.... फिर लाइए, मैं एक चेक ही लिख देता हूं। उसमें हस्ताक्षर की उचित जगह भी है।" गार्नर ने सहज-स्वाभाविक मुस्कान के बीच कहा।

सर विलियम हिक्स

ब्रिटिश पार्लमेंट में सर विलियम जाय्सन- हिक्स धुआंधार भाषण दे रहे थे कि उनकी नज़र विंस्टन चर्चिल पर पड़ी। चर्चिल विरोध में सिर हिला रहे थे। जायसन-हिक्स ने भाषण जारी रखते हुए कहा—"मैं देख रहा हूं कि मेरे मान्य मित्र चचिल अस्वीकृति में सिर हिला रहे हैं, जबकि में तो केवल अपनी निजी राय जाहिर कर रहा हूं।" चट से चर्चिल ने जवाब दिया—"और श्रीमान्, मैं भी केवल अपना निजी सिर हिला रहा हूं।"

लायड जार्ज

जिन दिनों लायड जार्ज ब्रिटेन के प्रधानमंत्री थे, एक बार वे वेल्स गए थे। अपने दौरे के सिलसिले में किसी ऐसी जगह उन्हें रात हो गई, जहां एक भी होटल न था। विवश होकर उन्होंने सामने की एक बड़ी इमारत के फाटक पर लगी घंटी का बटन दबा दिया।

तुरंत वर्दी पहने एक व्यक्ति ने दरवाजा खोला। लायड जार्ज ने उससे कहा—"महाशय, मैं रात-भर ठहरना चाहता हूं।"

उस व्यक्ति ने चकित होकर उत्तर दिया—"यहां? आप जानते हैं— यह कौन-सी जगह है? यह तो पागलखाना है।"

"हुआ करे! मुझे तो सोने की जगह चाहिए— जानते हो, मैं ब्रिटेन का प्रधानमंत्री लायड जार्ज हूं।"

वार्डर कुछ सकपकाया और बोला— "तो आप निःसंकोच सो सकते हैं। यहां पांच लायड जार्ज पहले से ही साथ-साथ रह रहे हैं।"

ख्रुश्चेव

ख्रुश्चेव के बंगले के हरे मखमली लॉन पर शानदार चीड़ और देवदार वृक्षों की छाया में हम सब अपनी पत्नियों के साथ भोज के लिए बैठ गए। ये वृक्ष रानी कैथरीन महान के समय रोपे गए थे।

व्यंजन परोसे जाने लगे और ख्रुश्चेव ने बड़े ही विनोदी और बांके मेज़बान का पार्ट अदा किया। मेरी पत्नी पैट ख्रुश्चेव के बगल में बैठी थी। मिकोयान सामने मेज की दूसरी ओर थे। जब उन्होंने पैट से बातचीत करने की कोशिश की, तो ख्रुश्चेव ने बीच में ही टोक दिया और कहा—"ऐ धूर्त आरमीनियन, सुन लो,श्रीमती निक्सन मेरी हैं। तुम बस टेबल के उसी ओर बने रहो।" फिर वे मेज के बीच-बीच अपनी अंगुली से लकीर खींचते हुए बोले—"जानते नहीं यह लौह-यवनिका है; खबरदार, इसके पास कदम न धरना।"

—रिचर्ड निक्सन

माओ त्से-तुंग

माओ त्से-तुंग एक क्षुद्र बुर्जुआ है—किसानी मानस वाला आदमी, जिसे श्रमिकवर्ग—सर्वहारावर्ग—शुरू से पराया ही लगा है। माओ के साथ अपना वार्तालाप मुझे आज भी याद है, जो १९५९ में चीन में मेरे और उनके बीच हुआ था। उसने मुझे यकीन दिलाने की कोशिश की कि अणुबम कागज़ी शेर है। वह

कोई दलील न सुनता था। उसने एक चीज के लिए मुझे राजी करने की पूरी कोशिश की। बोला— "साथी ख्रुश्चेव, तुम अमरीकियों को लड़ाई के लिए छेड़-भर दो। मैं तुम्हें जितने भी चाहो उतने ही आदमी दूंगा—सौ डिवीजन, दो सौ डिवीजन, एक हजार..."

मैंने समझाया कि आधुनिक यंत्र-तंत्र के सामने उसके हजारों डिवीजन भी निकम्मे हैं; क्योंकि एक या दो राकेट तमाम डिवीजनों को धूल में मिलाने के लिए काफी हैं। माओ मुझसे असहमत रहा। स्पष्ट ही उसकी नज़रों में मैं कायर था।

-ख्रुश्चेव

माओ त्से-तुंग की रात को देर तक जगकर काम करने की आदत उसके पुराने गुरिल्ला-जीवन में ही लग चुकी थी। उनकी पत्नी च्यांग चिंग ने भी पति की आदतों के अनुरूप ही अपने को ढाल लिया। पति-पत्नी दोनों की दिनचर्या बड़ी दिलचस्प है।

माओ दंपती दिन के ग्यारह बजे सोकर उठते हैं। उस समय तक सारा पेइचिंग शहर पूरे तीन घंटे तक दफ्तरों और कारखानों में खट चुका होता है। उठने के बाद सबसे पहला जो काम माओ करते हैं, वह है अपने घर में ही बने स्विमिंग पूल में तैरना। उनका यह जलकुंड इतना बड़ा है कि उसमें एकसाथ बारह तैराक उतर सकते हैं। उस कुंड में मौसम के अनुसार गर्म या ठण्डा जल भरा जा सकता है। जब माओ कुंड में पीठ के बल तैरते होते हैं, तो उनके सब निजी सचिव भी अक्सर साथ होते हैं, क्योंकि माओ तैरते समय बातचीत करते रहना पसन्द करते हैं। मगर हर आदत में साथ देने वाली उनकी पत्नी नहाने के मामले में कतरा जाती है। हां, कभी तैराकी देखने के लिए वे कुंड के किनारे बैठ अवश्य जाती हैं।

माओ जब खाना खा रहे होते हैं, तो उनके मुंह से 'चप-चप' की आवाज निकलती है और जब वे सिगार का कश खीचते हैं, तो देहातियों की तरह मुंह से बड़े जोर-जोर से सीत्कार करते हैं। इतने वर्ष शहरी जीवन बिताने के बावजूद माओ त्से-तुंग में देहातीपन आज भी बना हुआ है। कभी-कभी तो उनकी इस ग्राम्यता से लोग संकोच में पड़ जाते हैं।

7

राजा-महाराजा

महाराजा युधिष्ठिर

एक बार महाराजा युधिष्ठिर ने किसी याचक से कहा—"आप कल आइए, मैं आपकी इच्छित वस्तु कल दूंगा।" पास खड़े हुए भीमसेन ने यह सुना, तो दौड़कर उस जगह पहुंचे जहां एक घण्टा टंगा हुआ था। यह घण्टा तभी बजाया जाता था, जब पांडव-सेना की कोई बड़ी विजय हुई हो अथवा कोई बहुत बड़ा उत्सव हो। घण्टा जोर-जोर से बजने लगा। महाराज युधिष्ठिर घण्टा-नाद सुनकर चकित हो गए।

जब उन्हें पता चला कि भीम घंटा बजा रहे हैं, तो उन्हें बुलवाकर घंटा बजाने का कारण पूछा। भीम बोले—"आज बहुत बड़ी विजय प्राप्त हुई है; मृत्यु पर मानव की कम से कम आठ पहर की विजय! आपने एक व्यक्ति को इच्छित वस्तु देने के लिए कल बुलाया है। इसका सीधा अर्थ है कि आप कल तक अवश्य

जीवित रहेंगे। मृत्यु पर एक अहोरात्र की विजय से बढ़कर दूसरी विजय क्या हो सकती है।"

युधिष्ठिर भीम के संकेत को समझकर लजा गए। याचक को वापस बुलाकर उन्होंने उसकी इच्छित वस्तु प्रदान की।

— स्वामी रामदास

राजा रणजीतसिंह

पंजाबकेसरी महाराज रणजीतसिंह एक बार अपने सैनिकों के साथ कहीं जा रहे थे। अकस्मात् सामने से एक पत्थर आकर उनके सिर पर लगा। सैनिक तत्काल रुक गए। पत्थर मारने वाले की खोज शुरू की।

सैनिकों को एक बुढिया दिखी, जो अपराधिनी की भांति सहमी हुई थी। उन्होंने उसे बन्दी बना लिया और महाराज के समक्ष उपस्थित किया। बोले—"महाराज, इसी दुष्टा ने आपको पत्थर मारा है।" भय से कांपती हुई बुढ़िया बोली—"महाराज, मैं बेकसूर हूं। मेरा बच्चा दो दिन से भूखा है। घर में एक दाना अनाज नहीं। कहीं कुछ नहीं मिला। मगर बच्चे का पेट भरना था। सामने के पेड़ पर फल दिखे। पत्थर मारकर उन्हें तोड़ने की कोशिश कर रही थी। मेरी बदकिस्मती से एक पत्थर आपको लग गया। माफ कीजिए महाराज!"

रणजीतसिंह सेनापति से बोले—"इसे अशर्फियां देकर छोड़ दो।"

सेनापति ने आश्चर्य से पूछा—"यह कैसा न्याय महाराज! दण्ड के स्थान पर पुरस्कार?" रणजीतसिंह ने हंसकर उत्तर दिया—"पत्थर लगने पर बेजान वृक्ष भी मीठा फल देता है; फिर मैं इसे खाली हाथ कैसे जाने दूं?"

रणजी

जब १८९७ में रणजी को आस्ट्रेलिया-यात्रा के लिए चुन लिया, तो आस्ट्रेलियन इतने हर्ष-विभोर हो उठे कि सिनेट में एक विशेष अधिनियम लागू करके उन्हें उस १०० डालर के प्रचलित टैक्स से मुक्त कर दिया, जो किसी भी विदेशी को आस्ट्रेलिया में प्रवेश करने से पहले देना पड़ता था। एडलेड के पहले

टेस्ट मैच में रणजी ने १८९ रन बनाए। परन्तु उनकी प्रसिद्धि जल्द ही घूमिल पड़ गई, जब उन्होंने आस्ट्रेलिया के तीव्र गेंदबाज अर्नेस्ट जोन्स पर गलत गेंद फेंकने का आरोप लगाया और कहा कि अनजाने ही यह इंग्लैंड की टीम के साथ पूरे खेल में होता रहा है।

कंठ-प्रदाह से पीड़ित हो जब रणजी बीमार पड़ गए तो आस्ट्रेलियाई आलोचकों को मौका मिला और उन्होंने खुल्लमखुल्ला इस बात का प्रचार किया कि रणजी जोन्स की तूफानी गेंदबाजी से भयभीत हैं। गर्वीले राजा रणजी इस आरोप को बर्दाश्त नहीं कर सके और बिस्तर से उठकर सीधे खेल के मैदान में आ पहुंचे। उन्होंने इंग्लैण्ड के लिए १७५ रन बनाकर आलोचकों का मुंह बन्द कर दिया, जिससे जोन्स को काफी क्षति उठानी पड़ी। मैच के मैदान से वे सीधे बिस्तर पर जा लेटे।

सिडनी में तीसरे टेस्ट मैंच के दिन सुबह रणजी के गले का आपरेशन हुआ था; लेकिन पहले दिन उन्होंने ४० रन बनाए, जो बाद में बढ़कर १८६ हो गए। रणजी पुनः आस्ट्रेलियनों के हियहार बन गए। टेस्ट मैच 'रणजी मैच' कहलाए, 'रणजी बार' और 'रणजी केश-कर्तनालय' खुल गए और क्रिकेट के 'रणजी बैट' बन गए।

भारत के प्रथम महान खिलाड़ी ने यह यात्रा २० मैचों में १,१५७ रन बनाकर (औसत ६० ८९) समाप्त की। वे इतने ज्यादा रन बनाते थे कि रायटर के संवाददाता ने एक बार यह तार भेजा—" रणजी ने मात्र ५० बनाए।"

सयाजीराव गायकवाड़

बड़ौदा-नरेश महाराज सर सयाजीराव गायकवाड़ की कृपा से एक युवक अध्यापक आर.टी. पंड् या उच्चशिक्षा प्राप्त करने न्यूयार्क गए हुए थे। वहां एक बार वे एक अमरीकी परिवार के साथ नदी में तैरने गए। पानी के भीतर उनकी तबीयत अचानक खराब हो गई और प्राण संकट में पड़ गए। उनकी मेजबान श्रीमती गेस्ट ने यह देख लिया और मिस्टर गेस्ट पंड् या को खींचकर तट पर ले आए। पंड् या ने धन्यवाद दिए बिना ही घर की राह ली।

कुछ दिन बाद पुनः मिलने पर श्रीमती गेस्ट ने कहा—"हम अमरीकियों में एक प्रथा है—जब कोई व्यक्ति हमारी सहायता करता है, हम 'धन्यवाद' शब्द का उच्चारण करते हैं।" इसपर पंड् या ने उत्तर दिया— "श्रीमतीजी, मैं आपके देश के शिष्टाचार से परिचित हूं और आपके उपकार के लिए कैसे धन्यवाद दूं, यही सोच रहा हूं। परन्तु हमारे देश की भी एक प्रथा है—जब उपकार इतना बड़ा हो कि शब्दों में कृतज्ञता न व्यक्त की जा सके, तो शब्दों द्वारा 'धन्यवाद' देने का यत्न न करें। हम लोग ऐसे अवसरों पर मौन द्वारा कृतज्ञता प्रकट करते हैं और उस उपकार की स्मृति को इस आशा से ताजा रखते हैं कि शायद कभी हमें उसका प्रतिदान देने का सौभाग्य मिले। फिर मैं आपको और आपके पति को कैसे धन्यवाद दें!"

महाराजा सयाजीराव गायकवाड़ के दरबार में एक नामी और वृद्ध पखावजी थे—नासिरखां। वे सुप्रसिद्ध गवैयों के साथ संगत तो करते ही थे, स्वयं भी एक बहुत बड़े संगीतज्ञ थे। उनका जीवन कला को समर्पित था। आवश्यकताएं उनकी बहुत थोड़ी थीं। उनका कोई परिवार अथवा आश्रित नहीं था, इसलिए वे अपना अधिकांश वेतन नवयुवक छात्रों की सहायता में खर्च कर दिया करते थे।

एक दिन संध्या समय नासिरखां नगर से बाहर स्थित मकरपुरा प्रासाद में महाराजा गायकवाड़ के सामने पखावज बजाने के लिए एक शिष्य के साथ गए थे। कार्यक्रम की समाप्ति पर पता चला कि उन्हें घर पहुंचाने के लिए वहां कोई सवारी नहीं है। वे पखावज शिष्य के हाथ में थमाकर पैदल ही चल पड़े। तभी संयोग-वश महाराजा सांध्यकालीन शीतल वायु-सेवन करने के लिए एक अंगरक्षक के साथ उद्यान में पहुंचे। जब उन्होंने वृद्ध संगीतज्ञ को पैदल जाते हुए देखा, तो रोककर पूछा—"यह क्या उस्ताद? क्या आपको घर पहुंचाने के लिए कोई व्यवस्था नहीं की गई है?" तुरन्त अंगरक्षक को आज्ञा हुई कि उस्ताद को बग्घी। में घर पहुंचाया जाए।

नासिरखां महाराजा के तत्काल ध्यान देने, उनकी विचार-शीलता तथा उनकी उदारता से गद्गद् हो गए। पर नये महीने के आरम्भ में उन्हें यह देखकर

बड़ा आश्चर्य हुआ कि उनके वेतन के साथ एक अतिरिक्त भत्ता जोड़ दिया गया है, जिससे वे एक घोड़ा-गाड़ी रख सकें।

—मुशर्रफ मौलामियांखां

ख़लीफ़ा हज़रत अली।

खलीफा हज़रत अली राजकीय कागज़ात देख रहे थे कि कुछ सरदार किसी निजी कार्य से उनसे मिलने आए। हज़रत अली जिस चिराग की रोशनी में काम कर रहे थे, उसे बुझाकर और दूसरा जलाकर उनसे बात करने लगे। बातें खत्म होने पर दूसरे चिराग को बुझाया और पहले को जलाकर फिर कार्यव्यस्त हो गए। सरदारों ने हज़रत से इसका कारण पूछा, तो बोले—"जब तुम आए, मैं सरकारी काम कर रहा था। लेकिन निजी बातों में सरकारी तेल कैसे जलाया जा सकता है?"

ख़लीफ़ा हारूं रशीद

खलीफा हारूं रशीद ने आज्ञा निकाली कि रात के समय कोई भी राजधानी में सड़कों पर न चला करे। सबने आज्ञा मानी और रात्रि को सड़कें सुनसान रहने लगीं। किन्तु एक दिन सिपाहियों ने देखा कि एक आदमी सड़क पर टहल रहा है। सिपाहियों ने उससे कहा—"क्या तुम्हें बादशाही हुक्म की खबर नहीं है?" उस आदमी ने कहा— "मुझे खबर है। किन्तु तुम्हें भी यह खबर होनी चाहिए कि मेरे सामने बड़े से बड़े अमीर, शहज़ादे और बादशाह तक गर्दन झुकाते हैं।"

जब सिपाहियों ने यह उत्तर सुना तो वे रोब में आ गए और समझे कि वास्तव में यह कोई बहुत बड़ा आदमी होगा, तभी तो बादशाह के हुक्म तक की परवाह नहीं करता है। उन्हें उससे कुछ भी कहने का साहस न हुआ। वह आदमी भी बहुत देर तक सड़क पर घूमने के पश्चात अपने घर चला गया। सिपाहियों को दूसरे दिन पता चला कि रात को जिस व्यक्ति से उनकी बातचीत हुई थी, वह खलीफा का नाई था।

सुलतान महमूद

एक रात सुलतान महमूद घोड़े पर बैठकर अकेला सैर करने निकला। राह में उसने देखा कि एक आदमी सिर झुकाए सोने के कणों के लिए मिट्टी छान रहा है और छान-छानकर मिट्टी का खासा ऊंचा ढेर उसने लगा दिया है। सुलतान उसे क्षण-भर देखता रहा और फिर अपना बाज़ूबन्द मिट्टी के ढेर पर फेंककर वायुवेग से आगे बढ़ गया।

अगली रात सुलतान फिर उसी तरह उस राह से निकला और उसने देखा कि वह आदमी अब भी उसी तरह मिट्टी छानने में मशगूल है। बोला—"भले आदमी, कल तुम्हें जो बाज़ूबन्द मिला, वह सारी दुनिया खरीदने के लिए काफी है, फिर भी तुम मिट्टी छानना बन्द नहीं करते।"

आदमी ने उत्तर दिया—"कल ऐसी बढ़िया चीज़ मिली, इसीलिए तो जीवन-भर मुझे खोज जारी रखनी पड़ेगी।"

इसी आदमी की तरह खोजना, खोदना निरन्तर जारी रखो—जब तक खजाने का द्वार न दिख जाए।

बाबर

भारत-विजय का स्वप्न ले बाबर समरकंद से काबुल आया। एक रात गुप्तवेश में घूमते हुए वह एक अखाड़े में पहुंचा, जहां शस्त्रगुरु शिष्यों को तलवार के दांव-पेच सिखा रहे थे। अंतिम दीक्षा देते हुए गुरु ने कहा—"अब एक पैंतरा और सीख लो, जो हार को जीत में बदल देता है। जब तुम हारने लगो,तो भगवान से कहो कि अभी तक अपने लिए लड़ा हूं; अब से तेरा सिपाही बनकर लड़ूंगा।"

बाबर ने यह मंत्र मन की गांठ में बांध लिया।

शाह ईरान

ईरान का शाह एक बार शाही मेहमान के तौर पर इंग्लैंड आया। उसे फांसी

की सज़ा देने-दिलानेवाले या देखने का बड़ा शौक था। जेलखाने में मुआयने के वक्त उसे एक खास किस्म की फांसी की चर्चा करते हुए समझाया गया कि यह एक बिल्कुल नई तरह की फांसी है। यह सुनना था कि ईरान के शाह का मन उस फांसी को देखने के लिए मचल उठा। शाही मेहमान की अगवानी करने वाले लोग बड़े चक्कर में पड़े। आखिर उन्होंने बताया कि इंग्लैंड में इस वक्त ऐसा एक भी कैदी नहीं है जिसे फांसी दी जा सके।

लेकिन ईरान के शाह ने इस पर फरमाया—"अगर आपके यहां ऐसा कोई आदमी नहीं है, तो न सही। मेरे साथ ईरान से बहुत-से लोग आए हैं—आप इनमें से किसी को भी पकड़ ले जाइए और फांसी पर लटका दीजिए, जिससे मैं यह नई किस्म की फांसी जरूर देख सकूं।"

ईरान में हाथी नहीं होते। नादिरशाह ने जब भारत पर आक्रमण किया था, तो उसे एक बार हाथी पर सवार कराया गया। हाथी पर बैठने के साथ ही उसने कहा—"लाओ, इसकी रास मुझे दे दो।"

फीलवान ने उत्तर दिया—"जहांपनाह! हाथी के रास नहीं होती।"

नादिरशाह फौरन हाथी से उतर पड़ा और बोला—"जिस सवारी के रास न हो, उस पर सवारी करने में सदैव खतरा बना रहता है।"

महमूद तैमूर

उस दिन आकाश ने जल में अपना मुख देखा, तो गर्व से फूल गया। अपने-आप ही बोला—"संसार में जो कुछ है, सब मेरी ही प्रतिच्छवि है। मैं नहीं रहूं, तो यह सब शून्य हो जाए।" उसके मन की बात समझ, धरती ने कहा—"सच है, परछाई देखने से किसे भ्रांति नहीं हो जाती! काश! हम परछाई के बजाय स्वयं को देख पाते।"

औरंगज़ेब

औरंगज़ेब बादशाह ने एक बार एक बांदी को आज्ञा दी कि उन्हें प्रातः शीघ्र जगा दिया जाए। अकस्मात एक मुर्गे ने आधी रात को बांग दी। बांदी ने समझा, सवेरा हो गया। जाकर बादशाह को जगा दिया और स्वयं जाकर लेट गई। बादशाह ने उठकर वजू किया, नमाज़ पढ़ी। पता चला, अभी तो बहुत रात बाकी है, फिर जाकर सो गए।

दासी ने थोड़ी देर के पश्चात् जो आकर देखा, तो बादशाह को सोता हुआ पाया। वह समझी, उसके उठाने पर बादशाह नहीं उठे हैं। दुबारा जगा दिया। अब की बार दासी ने ज्यों ही बादशाह को जगाया, उन्हें क्रोध आ गया। बादशाह ने कहा—"सर बुरीदन लाज़िम अस्त (सिर काट देना आवश्यक है)।" यह सुनकर दासी घबरा गई। उसने जल्द जाकर शहज़ादी ज़ेबुन्निसां को जगाया और उन्हें सब बात बताई।

प्रातः काल दासी के वध के पूर्व यह लाड़ली बेटी अपने पिता के पास गई पूछा—"उस कनीज़ (दासी) के लिए आपका क्या हुक्म है?" बादशाह ने कहा—"सर बुरीदन लाज़िम अस्त।" ज़ेबुन्निसां बेगम शायर भी थीं, फौरन बोल उठीं:

सर बुरीदन लाज़िम अस्त आं मुर्ग़ बेहंगाम रा।
ईं परी पैकर चै दानद वक्त सुबह-ओ-शाम रा॥

(सिर काटना आवश्यक है,उस बेवक्त बोलने वाले पक्षी (मुर्गे) का। यह परी जैसी सुन्दरी दासी क्या जाने समय सुबह-शाम का।)

बेटी के जवाब से खुश बादशाह ने दासी का कुसूर माफ कर दिया।

बादशाह हुमायूं

एक दिन बादशाह हुमायूं बैरामखां से बातें कर रहा था और बैरामखां अपनी आंखें आधी बन्द किए बैठा था। बादशाह ने पूछा—"बैरामखां! मैं तुमसे बातें कर रहा हूं और तुम आंखें बन्द करके क्या स्वप्न देख रहे हो?"

बैरामखां ने कहा—"कुरबान जाऊं, जहांपनाह! मैंने अपने बुजुर्गों से सुना है कि तीन अवसरों पर मनुष्य को तीन चीजों का संयम बरतना चाहिए—बादशाह के सामने आंखों का संयम रखना चाहिए; फकीरों के सामने अपने मन पर पूरा काबू रखना चाहिए और विद्वानों के सामने वाणी को कब्जे में रखना चाहिए। लेकिन चूंकि हुजूर में ये तीनों गुण मौजूद हैं, अतः मैं यह निर्णय नहीं कर पा रहा हूं कि आखिर मैं क्या करूं?"

सम्राट असीरिया

असीरिया की राजकुमारी को पीला गुलाब प्रिय था। आसपास के राज कुमारों में प्रचंड प्रतियोगिता शुरू हो गई। परस्पर घोर युद्ध भी होने लगे। सम्राट को बड़ी चिंता हुई।

एक दिन उन्होंने विराट पर्वोत्सव आयोजित किया। राजकुमारी ने अपने बगीचे के गुलाबों से मंजूषा भरी और सब फूल पर्वोत्सव के देवता को चढ़ा दिए—"प्रभो, जो सर्वश्रेष्ठ है, वह हमारा मानवों का नहीं , आप देवाधिदेव का है।" सम्राट की यह युक्ति काम कर गई। अन्य राजाओं ने भी पर्वोत्सव मनाए

और अपने बगीचे के चुने हुए गुलाब देवता को चढ़ाए। कहते हैं, यह 'गुलाबोत्सव' कई वर्षों तक असीरिया में चलता रहा।

—एक असीरियन लोककथा

शेरशाह सूरी

शेरशाह सूरी का बली अहद (युवराज) हाथी पर बैठा आगरे की सड़क से जा रहा था कि सामने एक गैरमुस्लिम मोदी की दुकान पड़ी। वली अहद ने दुकान पर बैठी मोदी की औरत पर दो पान फेंके और आगे बढ़ गया।

मोदी ने यह देखा; लेकिन डर के मारे चुप रह गया। पर पड़ोसी मुसलमानों ने उसे उकसाया और शहंशाह के दरबार में फरियाद करवा दी। शेरशाह ने फरियादी की अर्जी सुनी—गवाहों के बयान लिए; फिर उसने वली अहद की बीवी को सरे-दरबार तलब किया। शहंशाहे-हिन्द की बहू दरबार में आ खड़ी हुई।

शेरशाह ने मोदी को दो पान देते हुए कहा—"लो, तुम भी ये पान उस औरत पर फेंको, ताकि बेवकूफ शहजादे को मालूम हो जाए कि हिन्द की गरीब बहू-बेटी को छेड़ने का अंजाम क्या होता है।"

हज़रत अबूबकर सिद्दीक़ी

हज़रत अबूबकर सिद्दीक़ी जब खलीफा हुए , तो उन्होंने आम मुसलमानों को संबोधित करते हुए कहा:

"ऐ लोगो! मेरे कंधों पर हुकूमत की भारी ज़िम्मेदारी डाल दी गई है। मैं तुम्हारे बीच सर्वोत्तम आदमी नहीं हूं। मुझे तुम्हारे मशवरों और हर तरह की मदद की जरूरत है। अगर मैं ठीक-ठीक काम करूं, तो मेरा साथ दो; अगर कोई गलती करूं, तो टोक दो। जिस शख्स को तुमने हुकूमत की ज़िम्मेदारी सौंपी है, उससे सच-सच बात कह देना वफादारी का सच्चा तकाजा है। और सच्चाई को छिपाना गद्दारी है। मेरी निगाह में ताकतवर और कमजोर बराबर हैं। मैं दोनों के साथ इंसाफ से पेश आऊंगा। जब तक मैं अल्लाह व उसके रसूल के हुक्म को मानता रहूं , मेरा हुक्म मानो और अगर मैं अल्लाह व उसके रसूल के हुक्म को भूल जाऊं, तो मुझे तुमसे अपना हुक्म मनवाने का कोई हक नहीं।"

राजा टालेमी

यूक्लिड सिकंदरिया के राजा टालेमी को गणित पढ़ा रहे थे। राजा टालेमी की समझ में कुछ नहीं आ रहा था। कुछ सोचकर राजा ने पूछा—"गणित को समझने के लिए क्या कोई सरल मार्ग नहीं है?"

यूक्लिड ने गम्भीरतापूर्वक कहा—"यह सत्य है कि राजा-महाराजाओं के लिए बहुत सुन्दर राजमार्ग होते हैं; लेकिन शिक्षा के लिए तो सभी को एक ही मार्ग से गुज़रना पड़ता है।"

नवाब भोपाल

नवाब भोपाल के दरबार में संगीत-समारोह का तीसरा और अंतिम दिन

था। समारोह में भारत के अनेक लब्धप्रतिष्ठ कलाकार आमंत्रित थे। पिछले दो दिनों में कलाकरों को आशा के विपरीत, नवाब साहब से पुरस्कारस्वरूप कुछ भी नहीं मिला था। अतः सब सकुचाए-से एक कतार में बैठे थे।

नृत्य-सम्राट शम्भू महाराज ने भाव-प्रदर्शन आरम्भ किया। कला-पारखियों के मुंह से बेसाख्ता 'वाह-वाह' निकल रही थी। तत्काल शम्भू महाराज अपने अंगरखे का दामन उछालने लगे।

यह देखकर नवाब साहब ने पूछा—"यह क्या महाराज?"

" 'वाह-वाह' इकट्ठी कर रहा हूं, हुजूर!" महाराज ने उत्तर दिया—"घर जाकर बच्चों को खिलाने के लिए भी तो कुछ चाहिए!"

नवाब साहब झेंप-से गए और उसी क्षण सभी कलाकारों को यथोचित पुरस्कार दिया गया।

बड़ौदा नरेश

बड़ौदा राज्य में एक प्राचीन प्रथा थी कि यदि किसी अपराधी को फांसी पर चढ़ाने के लिए ले जाया जा रहा हो और मार्ग में उसे राजा के दर्शन हो जाएं, तो उसे क्षमा कर दिया जाता था।

मेरे बाल्यकाल में एक बार ऐसा हुआ कि मृत्युदंड प्राप्त एक व्यक्ति कारागार की गाड़ी में बैठकर जा रहा था। उसी समय महाराज सयाजीराव गायकवाड़ की सवारी उधर से गुजरी। उस व्यक्ति ने झुककर महाराज को नमस्कार किया। महाराज ने भी प्रतिनमस्कार किया। पूछने पर अनुचरों ने महाराज को बताया कि वह व्यक्ति कौन है और उनका ध्यान क्षमादान की पुरातन प्रथा की ओर भी आकृष्ट किया गया। महाराज ने मामले के बारे में सारी बातों का पता लगाया। जब उन्हें ज्ञात हुआ कि बन्दी ने एक बहुत ही गम्भीर अपराध किया है, तो उन्होंने प्राचीन प्रथा का सम्मान रखने के लिए मृत्युदंड को कारावास के दंड में परिणत कर दिया, साथ ही यह भी कहा कि इस प्रकार का अपराध करने वाले व्यक्ति को मैं

पूर्णरूप से मुक्त नहीं कर सकता। महाराज प्राचीन प्रथाओं की उपेक्षा नहीं करते थे; परन्तु वे उनमें संशोधन भी करते रहते थे।

—मुशर्रफ मौलामियांखां

ओरछेश

ओरछेश श्री वीरसिंह देवज्यू (द्वितीय) को गद्दी पर बैठे अभी एक वर्ष हुआ था। उनके हुज़ूर-दरबार में जतारा की एक विधवा ने एक आवेदन-पत्र भेजा। उसका उत्तर मिला—"ज़ाब्ते की कार्रवाई की जाए।"

बात यह थी कि विधवा के मकान में तहसील का दफ्तर था; किन्तु राज्य ने कितने ही वर्षों से किराया नहीं दिया था। मियाद निकल जाने के कारण वह निराश हो चुकी थी। मगर दरबार से यह उत्तर पाकर विधवा को कुछ आशा बंधी

और उसने राज्य पर दावा कर दिया। मगर ऊपर बताए कानूनी कारण से वह बराबर हारती चली गई। यहां तक कि उन दिनों के दीवान रावराजा श्यामबिहारी मिश्र ने भी उसे पराजित घोषित कर दिया।

विधवा ने ओरछेश को पुनः आवेदन-पत्र भेजकर अपनी दीन दशा की याद दिलाई। फलस्वरूप ओरछेश ने पूरी मिसल मंगाई और पढ़कर आवेदन-पत्र पर इस आशय का आदेश लिखा:

मानव-निर्मित विधान के अनुसार विधवा का कोई अधिकार नहीं कि वह राज्य से आर्थिक सहायता प्राप्त कर सके। किन्तु सब विधानों से ऊपर भी एक विधान होता है, जिसे 'ईश्वरीय विधान' कहा जाता है। उसके अनुसार यह अस्वीकार नहीं किया जा सकता कि विधवा की जायदाद राज्य ने ले ली है, जो अनुचित है। राज्य के कोष से प्रतिमास... रुपये विधवा को मिलते रहने की आज्ञा दी जाती है।"

वीर सुरतान

मारवाड़ाधिपति जसवंतसिंह अचलगढ़-नरेश सुरतान को बन्दी-वेष में औरंगज़ेब के दरबार में ले आए। सुरतान के अनम्र व्यवहार को देखकर सबने

उनसे ज़ोर से कहा—"बादशाह को सलाम करो।" जसवंतसिंह के कंधे को हिलाकर धीरे से अचलगढ़-नरेश ने और भी सिर उठाकर कहा—"गुरुजनों को छोड़कर कभी किसी के सम्मुख यह सिर नत नहीं हुआ।"

बादशाह के अनुचर ने क्रोध से आंखें लाल करके कहा—"अबोध राजपूत, हम तुम्हें सिखा देंगे कि अनम्र मस्तक किस प्रकार भूमि पर लोटता है।" अचलगढ़-नरेश ने हंसकर कहा—"जिस व्यक्ति के जीवन में भय की भावना ही नहीं आई, वह भला भय से कब किसीको प्रणाम करने लगा!"

वीर राजपूत का यह निर्द्वन्द्व साहस-शौर्य देखकर आलमगीर गद् गद् हो गए। उन्होंने सुरतान को पकड़कर अपने पास बिठाया तथा बोले—"हे वीर, भारत के किस खंड को तुम प्राप्त करना चाहते हो?"

सुरतान ने उत्तर दिया—"जो समस्त संसार से श्रेष्ठ है, उसी अचलगढ़: को।"

सभा में उपस्थित सभी हंस पड़े; पर बादशाह ने कहा—"जाओ वीर, अचलगढ़ में तुम्हारा अचल निवास हो।"

—*रवीन्द्रनाथ ठाकुर*

विलियम तृतीय

इंग्लैंड के राजा विलियम तृतीय के विरुद्ध विद्रोह का षड् यंत्र रचा जा रहा था। उद्देश्य था पदभ्रष्ट स्टुअर्ट-वंशीय राजा जेम्स द्वितीय को फिर से गद्दी पर बैठाना।

षड् यंत्रकारियों में एक साधु-चरित्र धनिक भी था, और इस बात को सिद्ध करने वाले कुछ गुप्त कागज़ात राजा विलियम के हाथ पड़ गए। उसने उस धनिक को महल में बुलवाया और वे कागज़ उसके सामने रख दिए। धनिक के तो होश उड़ गए। उसे निश्चय हो गया कि अब उसे प्राणदंड या आजीवन कारावास का दंड सुनाया जाएगा। मगर हुआ कुछ और ही। राजा विलियम ने कहा—"जो व्यक्ति अपने भूतपूर्व स्वामी के प्रति इतनी निःस्वार्थ वफादारी रखता हो कि उसके

लिए अपने प्राण भी संकट में डालने को तैयार हो जाए, वह तो बड़ा सत्पुरुष है; वह दंडनीय नहीं, बल्कि सत्कारणीय है; उससे तो मित्रता की याचना की जानी चाहिए।" और राजा विलियम ने उन कागज़ों को मोमबत्ती की लौ छुआई और नष्ट कर दिया।

नेपोलियन

एक स्थान पर कुछ काम हो रहा था। कई कुली भारी-भरकम खंभों को उठाने का प्रयास कर रहे थे और पसीने से तरबतर थे। उस वक्त नेपोलियन उस रास्ते से गुज़रा। काम की देखभाल करते हुए ठेकेदार भी पास ही खड़ा था। नेपोलियन उसके निकट जाकर बोला—"इन बेचारों के काम में आप भी कुछ हाथ क्यों नहीं बंटाते?"

यह सुनकर ठेकेदार को गुस्सा आ गया और दांत पीसता हुआ बोला—"तू 'जानता है, मैं कौन हूं? मैं हूं इस काम का ठेकेदार!"!

नेपोलियन कुछ न बोला , कुलियों के साथ खंभे उठाने के काम में स्वयं भी जुट गया। उसे पागल समझकर ठेकेदार ने पूछा—"तू कौन है?"

नेपोलियन ने उत्तर दिया—"भाई, शायद आप नहीं जानते। इस बंदे को नेपोलियन कहते हैं।"

फ्रेडरिक दि ग्रेट

फ्रेडरिक दि ग्रेट ने युद्ध में परास्त होने के बाद सीनेट को लिखा था—"हम युद्ध में हार गए—इस पराजय की ज़िम्मेदारी केवल मेरी है।"

बाद में गोल्डस्मिथ ने इस वाक्य पर टिप्पणी करते हुए लिखा—"अपराध-स्वीकृति का यह एक वाक्य फ्रेडरिक की उस महान विजय से भी अधिक महान है; जो उसे युद्ध में विजयी होने पर प्राप्त होती।"

●●●